AF299059

LES FEMMES,

PAR

RÉNÉ-VICTOR BOUCHU.

Inde calamitates, inde iræ, inde felicitas.

A CHAUMONT,

DE L'IMPRIMERIE DE COUSOT.

1812.

LES FEMMES.

INTRODUCTION.

Je chante cet objet brillant dès son aurore,
Le favori du Dieu que partout on adore,
Dont les attraits touchans, les grâces, la douceur,
En font, dans ses beaux jours, un séduisant vainqueur.
Frivole et peu constant, par son humeur légère,
Il échappe le rang de puissance première;
Sans cela l'homme épris, au seul son de sa voix,
Serait souvent contraint d'obéir à ses loix.
Heureusement pour lui, l'être divin et sage,
Rendit cet enchanteur, méticuleux, volage,
Et chez lui le plaisir fixant l'illusion
Arrêta les progrès de son ambition;
Cependant il n'est pas, qu'en des momens d'ivresse,
Il n'agisse en tyran sur un cœur qu'il oppresse:
Et parfois le guerrier, aux combats si vaillant,
Se prosterne à ses pieds, comme un timide enfant;
Mais ces momens sont courts, et bientôt sans défense,
Il se livre aux transports de l'amant qui l'offense;
Et son pouvoir, fondé sur de faibles plaisirs,
S'envole et disparaît sous l'aile des desirs;
Tout homme doit aimer cet excès de délire,
Sans lequel il verrait s'écrouler son empire,
Et rendre grace au sort qui permit qu'un vainqueur,
Sacrifiât sa gloire avec tant de douceur.

1 *

Ce qui surprend le plus, c'est que ce charmant être,
A le plus fort penchant à s'ériger en maître ;
Mais peu fait pour se vaincre, et porter de grands coups,
Il choisit la ruse plus conforme à ses goûts :
S'il quitte quelquefois son air doux et paisible,
Il employa longtems le ton le plus sensible,
Et ce n'est qu'en perdant l'espoir de tout succès,
Qu'il se change en mutin, et se porte aux excès ;
Il sait qu'en fléchissant, ses caresses, ses larmes,
Sont ses plus grands moyens et ses plus fortes armes,
Et qu'en montrant des yeux, humectés par des pleurs,
L'être le moins humain prend part à ses douleurs ;
Il sait que la finesse, en augmentant sa force,
Est son meilleur soutien, sa plus puissante amorce,
Et que l'art s'unissant à ses attraits touchans,
Finit par tout soumettre à ses plus chers penchans.
O séduisant objet, j'ai recours à ton aide ;
Prête-moi cet accent, d'où la grâce procède ;
Sans doute en conduisant mes trop faibles pinceaux,
Je pourrai figurer quelques rians tableaux ;
Être délicieux, par ton goût admirable,
Ma muse acquérera le ton qui rend aimable ;
Et même en badinant sur toutes tes erreurs,
Prendra plaisir encore à les couvrir de fleurs ;
Apollon, viens aussi me confier ta lyre :
Si toi-même, parfois, tu sentis le délire
Que fait naître l'amour par ses jeux séduisans,
Tu dois me protéger de tes secours puissans.
Souviens-toi de Daphné, dont la course trop vive,
Arrêta tes transports sur la céleste rive ;
Déjà tu l'atteignais, quand son corps fut couvert
De la froide écorce de l'arbre toujours vert.
Faut-il te rappeller les aimables mortelles,
Qui protégeant tes feux, te furent moins cruelles,
De ta Clytie en fleur, qui soumise à ta loi,

Se tourne à ton aspect, pour n'adorer que toï.
Ah! puisque tu daignas t'enivrer sur la terre
Des plaisirs que goûta le maître du tonnerre,
Tu dois te décider à répondre à mes vœux;
Songe que mon sujet à pu te rendre heureux.
L'espoir paraît en moi; sensible à ma prière,
Tu viens de m'accorder ton secours salutaire,
Car je vois le moyen qui va de plus d'un cœur,
Me faire apercevoir les plis, la profondeur.
Et vous sexe charmant, digne à jamais d'envie,
Puisque de tout mortel, vous enchantez la vie,
Ne vous offensez pas, si de quelques travers,
Vous me voyez ternir vos sentimens divers :
Qui mieux que vous le sait, vos humeurs, vos usages,
Vous donnent des défauts, ou de grands avantages
Qui dérivent du goût, souvent de la leçon,
Ou de la quantité de force ou de raison,
Moins que vous le devin, l'astucieux prothée,
Ne fit paraître d'art au sensible Aristée,
En l'emportant sur lui, mille jeux différens,
Imposent le silence à tous vos concurrens.
Mais malgré ces défauts, aimables souveraines,
C'est vous qui disposez de l'amour, de ses chaînes;
Et ce divin enfant secondant vos efforts,
Soumet le monde entier à vos tendres accords :
Voyez sur son vaisseau la belle Cléopatre,
La peur lui fait quitter l'amant qui l'idolâtre;
Mais Antoine la suit, et préférant ses fers,
Il méprise pour eux la gloire et l'univers,
Découvrant les secrets de vos heureux ménages,
On vous y voit jouir des plus grands avantages,
Exercer de vains droits sur de faibles époux
Que votre art étonnant soumet à vos genoux;
Usant tous les moyens que vous donnent l'empire,
Vous enivrez les sens par un divin sourire,

Éloignant un plaisir qui longtems attendu,
Égale la douceur d'un plaisir défendu;
Ce fortuné moment couronne votre ruse,
Un époux enchanté, jamais rien ne refuse,
Et ce n'est qu'en raison du succès de vos vœux,
Que cédant à la fin, vous le rendez heureux.
N'est-ce pas adopter une sage maxime
D'avoir l'air d'immoler une tendre victime,
Tandis qu'il est certain que vos plus chers désirs,
Sont les enfans aimés du père des plaisirs :
D'entrer dans ces détails il n'est pas tems encore,
Le moment arrivé, je saurai faire éclore
Les portraits variés d'un art mistérieux;
Ici je dois céder à l'ordre impérieux,
Car il faut avant tout, que je nombre et je classe
Tous les points différens du travail que j'embrasse,
Puisqu'il est reconnu que dans tous vos penchans,
Si les uns sont heureux, d'autres sont malfaisans,
Ils forment un tableau, dont l'adroite peinture
Représente les traits de plus d'une figure,
La vérité s'y joint, et sa sublime voix
A l'artiste fidel fait entendre ses loix.
Image du héros, dans un jour de conquête,
On y voit d'un côté l'orgueilleuse coquette,
D'un autre est la dévote à l'air décent et doux,
Dont le cœur pénétré du bien seul est jaloux;
A l'ombre dans un coin se tient l'adroite prude,
Dont toute la vertu n'est que grimace, étude,
Puis paraît la beauté, qui folle du plaisir,
Caresse aveuglément cet enfant du désir;
Plus loin on aperçoit la vile courtisanne
Marchant le front levé, quoique tout la condamne :
Sans craindre les dangers de ses jours orageux,
Elle avilit son cœur dans des plaisirs fangeux.
Esprit léger, changeant, vaine, capricieuse,

Vous y donnez la main à la folle joueuse,
Et l'esprit abusé, par des romans trompeurs,
Églé, tout près de vous, se plaît dans mille erreurs.
Je vous découvre aussi, détestable bavarde,
Dont le flux éternel contre tout se hazarde;
Vous aussi vile avare, au goût désordonné,
Dont l'aspect est l'effroi de l'homme infortuné;
Sur le duvet bien doux d'une couche adorée,
On vous y voit encor, nonchalante avérée.
La jalouse au teint pâle, à vos tristes côtés,
Y montre la fureur dans ses yeux irrités:
Comme un astre brillant, enfin la femme sage
Y paraît à mes yeux, ah! combien son image,
Dans mon cœur attendri, fait naître de respect,
C'est la fleur du printems qui charme à son aspect,
Par un attrait puissant, qui surprend et attire,
On se plaît à l'aimer, hautement on l'admire,
En s'estimant heureux de lui céder les droits
Qu'exigent les vertus dans leurs aimables loix:
De chacune à son rang, d'après son caractère,
Je peindrai les talens ou l'erreur sans mystère;
Et dans tous les récits de mon petit travail,
La vérité naîtra sans aucun attirail:
N'est-ce pas le moyen de rendre favorable,
Un lecteur attentif, ennemi de la fable,
Dont l'habit décoré d'un vernis toujours faux,
Inspire le dégoût malgré ses airs nouveaux.
Je m'attends aux clameurs d'un sexe un peu colère,
Qui pourra m'accuser de franchise grossière;
Mais l'ordre est au devoir, esclave du moment,
Je dois fronder ses traits et son emportement.
La vérité par fois, est dangereuse à dire
Aux gens un peu trop francs, fort souvent elle inspire
Plus d'un discours amer, dont les traits médisans,
Leur attirent des noms quelquefois offensans;

Mais faut-il préférer la basse flatterie,
Se livrer constamment à la flagornerie :
Non, sans doute ô beautés ! et quoique j'aime en vous,
Tout ce que l'univers a formé de plus doux,
Je ferai mon devoir... et vous, avec sagesse,
Protégez un ami qui malgré lui vous blesse,
Et qui veut par un goût, peut-être original,
S'entretenir de vous, dût-il en parler mal,
Ainsi l'amant jaloux, au feu qui le dévore,
Prépare un aliment pour le nourrir encore;
Et par l'affreux soupçon dont il est animé
Outrage un tendre cœur fait pour être estimé.
Beautés, ne croyez pas, si dans mes rêveries,
Je donne à mes tableaux de sombres draperies,
Que je sois agité de cet affreux poison,
Car le devoir tout seul commande à ma raison;
Quittez donc à l'instant la petite colère,
Où je vous vois entrer, et qui me désespère,
Vous devez pardonner, puisqu'un ordre imposant
Me force à repousser un ton plus séduisant;
Quel mal pourra vous faire un peu trop de franchise,
Aurez-vous moins de droits pour rendre un ame éprise :
Songez à vos attraits, à ce charme infini
Auquel un tendre cœur est forcé d'être uni;
Vous avez pour appui l'immortelle déesse
Qui vous enseigne l'art de nous charmer sans cesse,
Et c'est dans votre sein qu'elle a permis qu'amour,
Forma ses doux plaisirs et son heureuse cour,
En souffrant que son fils vous aime et vous protège;
Pouvons-nous résister à ce puissant manège :
Désarmé dans vos bras, ce dangereux enfant
Vous permet de toucher son carquois triomphant;
Vous savez l'amuser pour lui voler ses armes :
Alors les ajoutant à vos ravissans charmes,
Vous excitez en nous les transports, les desirs,

En nous offrant l'espoir de vos divins plaisirs.
Est-il un imprudent qui méprise vos chaînes,
Vous armez contre lui vos grâces souveraines;
Et bientôt l'insensé sortant de son erreur,
Reconnaît que sans vous il n'est pas de bonheur.
A quoi pourrait servir la satyre mordante;
Sa rage contre vous serait insuffisante :
De tout tems l'on a dit, de tout tems l'on dira,
Et quoique l'on en dise, on vous adorera.
Je ne prétends donc point me rendre téméraire,
Ce serait de Vénus m'attirer la colère ;
Et je crains les dangers qu'au fils d'Ulysse un jour
Elle fit éprouver pour avoir fui sa cour,
Soutenu de Mentor, à ce que l'on raconte;
Ce prince méprisa les beautés d'Amathonte :
La déesse en furie écrasa son vaisseau,
Et lui fit aborder l'isle de Calypso,
Où le cruel amour causa tant de ravage,
Que sans tous les secours de ce mentor si sage,
Télémaque abusé, comme un nouveau Pâris,
Eût tout incendié pour sa chère Cucharis.
Je dois donc prudemment profiter de l'exemple,
Éloigner des excès, profanateurs du temple,
Où votre sexe aimé, brillant comme un beau jour,
Reçoit le doux encens, que lui doit notre amour.

LA COQUETTE.

Dans l'art de conquérir et d'énivrer les ames,
D'allumer de l'amour les plus ardentes flammes,
La coquette employant un zèle astucieux,
A de quoi contenter son goût audacieux ;.
Mais malheur aux amans qui, se laissant surprendre,
Ont cru trouver en elle une ame douce et tendre,
Car bientôt démontrant la plus froide rigueur,
Rien ne peut fondre hélas! la glace de son cœur ;
Tout en elle est prestige, et jusqu'à sa caresse,
Est un appât trompeur, enfant de son adresse :
Et ce gage si doux, fait pour donner l'espoir,
N'est qu'un moyen de plus pour fonder son pouvoir ;
En méprisant les cris du vaincu qui l'implore,
Elle augmente ses fers pour l'écraser encore :
Voulant tout envahir sans éprouver d'amour,
Elle a soin de se mettre à l'abri du retour ;
Son plaisir est de voir s'entasser les victimes,
De creuser sous les pas de dangereux abymes ;
Unissant, dans son art les excès aux excès,
Toujours légitimes s'ils mènent aux succès.
Quand un amant soumis assure sa conqutêe,
C'est pour elle un bonheur, c'est pour elle une fête ;
Heureuse, elle saisit ce précieux moment,
Pour recueillir le fruit de son enchantement,
Elle adopte le ton d'une froide arrogance,
Et pour mieux la juger, écoutez sa sentence :
» Non, non, n'espérez rien, je me suis fait la loi
» De ne jamais souffrir d'autres maîtres que moi ;

» En vous favorisant, votre folle hardiesse
» Ferait bientôt paraître une chaîne traitresse,
» Et mon cœur, au-dessus de tous les préjugés,
» Méprise des plaisirs en esclaves changés ;
» Fuyez et laissez-moi ; votre amour me fatigue ;
» Il est tems de finir une trop longue intrigue.
» Pour un autre aujourd'hui je réserve mes coups,
» Et sans doute il sera malheureux comme vous ».
Circé, dans son séjour, se comportait de même
Pour mieux peindre son art, et sa finesse extrême,
Ajoutons à ses traits ce modeste incarnat,
De la timide Eglé doux et simple apparat :
Dans son calme serein s'annonce l'innocence,
Prête à donner au faible une humaine assistance,
Et sa bouche d'accord avec la fausseté
Distille le poison sous l'air de la bonté,
Prévenant vos desirs, vous offrant un asyle,
Elle vante à propos le séjour de son île.
» Venez chez moi, dit-elle, à tous les malheureux :
» Je me plais à donner des secours généreux ;
» Vous y serez traités avec un soin extrême,
» Et, pour m'en assurer, j'y veillerai moi-même ;
» Trop heureuse cent fois, si mes tendres bienfaits
» Pouvaient vous décider à rester à jamais ».
Comment donc résister à la voix douce et pure
Qui, pour nous soulager vivement nous conjure,
Offrant à nos malheurs un abri séduisant ;
Et peut-on soupçonner un projet offensant ;
Mais le breuvage est prêt, déjà l'ame étonnée
Ressent le triste effet de l'herbe empoisonnée ;
La cruelle sourit de nous voir, par ses loix,
Prendre des animaux la figure et la voix.
Amour ! perfide amour ! aux traits de cette image,
La coquette est Circé préparant le breuvage,
Et pour l'amant qui boit il n'est plus de raison,

Elle est au fond du vase, en place du poison ;
Voyez-le s'égarer, dans sa funeste envie,
Ternir aveuglément les beaux jours de sa vie,
Les passer à gémir, à craindre, à desirer,
L'Armide qui se plaît à le désespérer.
Je laisse à sa douleur cette triste victime
Qu'une adroite coquette entraîne dans l'abyme,
Desirant découvrir aux regards curieux
Les succès variés d'un art mystérieux :
Il faut en convenir, le charme nous oblige
D'employer la raison, pour vaincre le prestige,
Car cette enchanteresse, étale des dehors
Bien faits pour éblouir les sages les plus forts :
Tout en elle est charmant, beauté, taille divine,
Un coup-d'œil ravissant, avec grâce enfantine ;
Inimitable en tout, son trop heureux souris
Nous peint de Mahomet les célestes houris ;
Avec un goût exquis, embellissant ses grâces,
La troupe des amours paraît suivre ces traces ;
Rivalisant enfin la reine du plaisir,
Elle enchante comme elle et donne le désir.
Au doux ravissement que sa beauté procure,
Se joint un autre don que lui fit la nature ;
Il fixe sans retour l'effet de son pouvoir,
Et couronne à jamais ses vœux et son espoir.
Il émane de toi, souverain art de plaire,
C'est toi qui le conduis, c'est par toi qu'il opère ;
Et ton enchantement venant s'y réunir,
L'investit d'un attrait qu'on ne peut définir.
Comment donc résister à cette belle Armide,
A moins d'avoir à soi de Minerve l'égide ;
Encor je ne sais pas si ce préservatif
Servirait contre un trait à voler trop actif.
Je la suis dans ses goûts, où son soin téméraire
Prépare adroitement la flèche meurtrière

Qui va percer les seins des sages et des fous,
Aux combats dangereux qu'elle propose à tous.
En commençant d'abord, sans hasarder sa gloire,
Elle cherche les points d'où naîtra sa victoire ;
Son esprit toujours froid, en tâtant le terrain,
De parvenir au but n'en est que plus certain ;
Pour combattre un enfant dont l'ame est vive et pure,
Elle a ce doux regard qui séduit et rassure ;
La perfide en ces rêts, de même qu'un chasseur,
Attire l'innocent par un appât trompeur ;
Envers un jeune amant, il faut avec finesse,
Feindre quelques instans la timide tendresse,
Et c'est en l'employant, que son art dangereux,
Prépare de l'amour le poison doucereux :
Un oiseau voltigeant sur l'arbre tutélaire,
Viendrait-il à la glu sans l'appel funéraire ;
De même un jeune amant, s'il n'était pas séduit,
Suivrait-il un chemin où l'erreur le conduit ;
Mais il croit échanger son ame contre un ame,
Inspirer même ardeur, allumer même flamme :
Hélas ! sans s'en douter il creuse le tombeau
Où chaque instant lui cause un supplice nouveau.
De ce combat livré, sans aucuns sacrifices,
La coquette a le prix et c'est avec délices ;
Qu'elle aperçoit l'effet de ses charmes vainqueurs,
Qui bientôt serviront à dompter d'autres cœurs ;
Mais il est des assauts où toute sa finesse ;
Doit user ses moyens pour vaincre la sagesse,
Surtout qand il s'agit de braver la saison
Où le sage à l'abri se sert de la raison :
Alors, adroitement elle aiguise ses armes,
Fait valoir à propos son esprit et ses charmes,
Jette le cri fatal, appelle à son secours
Les jeux, les ris si doux, la grâce et les amours.
De même qu'un Vauban, entourant une ville

Se sert pour l'emporter d'une finesse habile ;
Elle agit et surprend un tranquille ennemi
Qui se repose en paix sur le sein d'un ami ;
Tout ce que peut amour inventer de malice,
Est un faible moyen près de son artifice :
Feintes, larmes, transports forment l'enchantement
Et le sage à l'amour se livre aveuglément ;
On s'expose au danger, quand un vœu téméraire
Fait aimer des combats la fureur meurtrière.
Dans les champs des Troyens le dieu Mars fut blessé,
Contre Vénus aussi plus d'un trait fut lancé.
La coquette à son tour, excerçant sa vaillance,
Éprouve des échecs et de la résistance,
Car des cœurs réfroidis n'écoutant plus sa voix,
Voudraient se dispenser de céder à ses loix :
C'est alors qu'il lui faut ranimer son courage,
Ménager sagement jusqu'au moindre avantage.
Jugez de sa douleur, si ces audacieux
Venaient à balancer son art astucieux :
Il faut donc un combat d'autant plus difficile,
Qu'il s'agit d'attaquer, de vaincre un indocile,
Et que dans ces momens c'est un vrai séducteur
Qui fronde un ennemi de sa même hauteur ;
En mesurant de près ce terrible adversaire,
Elle sent le danger de son vœu téméraire ;
Mais vaincre est son desir, et la difficulté
Offre un attrait de plus à sa témérité ;
Comptant sur le succès, son ame énorgueillie,
Se dispose à jouir d'une gloire accomplie ;
Et bientôt son talent, qu'elle rend plus soigneux,
Fait perdre à l'ennemi son orgueil dédaigneux :
En tombant à ses pieds il gémit, il soupire,
Son cœur avec transport voit naître son délire :
Et, dans ce doux moment, reprenant sa hauteur,
Sans pitié lui ravit un espoir enchanteur.

Ainsi cette beauté, de victoire en victoire,
Marche d'un pas hardi, s'élance vers la gloire,
Devient un conquérant, un moderne César,
Conduisant les vaincus attachés à son char;
Dans sa superbe cour, pour fonder sa puissance,
A chaque soupirant présentant l'espérance;
Le timide a l'air doux, le fat un jeu mêlé,
Et le sensible cœur un soupir simulé;
Par un art étonnant, que dirige l'adresse,
Chacun se croit l'objet de sa feinte tendresse,
Se nourrit de l'espoir d'un fortuné lien,
Tandis que la cruelle abuse et ne sent rien;
Sa force est dans son ame, où le desir de plaire
Arrête tout transport, tout projet téméraire;
Elle aime le plaisir, mais sage par orgueil,
Elle évite des sens le redoutable écueil.

LA DÉVOTE.

BELLE religion, divin appui de l'ame,
Prête-moi, dans ce jour, un rayon de ta flamme,
Et daigne le fixer dans mon cœur enchanté,
Pour peindre dignement la belle vérité :
En ressentant l'effet de ta douce influence,
De mon travail heureux j'aurai la récompense,
Puisque je sentirai le souverain bonheur
Qu'avec sécurité goûte ton sectateur.
Nous montrant le vrai bien, contre un monde frivole,
Dans les maux d'ici bas ton secours nous console,
Et dans ton calme pur est ce rare bienfait,
Où l'homme en le goûtant se trouve satisfait ;
A nos yeux rassurés tu montres l'espérance,
En nous ouvrant le sein d'un dieu de bienfaisance,
Dont la voix protégeant tout être vertueux,
Lui garantit d'avance un prix majestueux.
C'est envain qu'un mortel qui s'irrite et s'oublie,
De profâner tes loix concevra la folie,
Invulnérable en tout, tu garderas ton cours,
Et le sage en son cœur t'adorera toujours.
De se priver de toi, c'est erreur manifeste,
Mépriser follement un présent tout céleste,
Et celui qui te fronde est un être pervers,
Qui cherche le néant pour couvrir ses travers ;
Ne pouvant retirer aucun fruit de ta gloire,
Il hazarde une erreur qu'il cherche à faire croire ;
Mais que peut contre toi son dessein révoltant,
Et n'as-tu pas partout un triomphe éclatant,

Vainement

Vainement l'on voudrait te déclarer la guerre,
Tu remplis tous les vœux des peuples de la terre;
Et si ton culte offert fait naître un différend,
Ah! c'est toujours à Dieu que partout on le rend.
Le nom ne peut jamais faire changer la chose.
Le sage en son pays n'a-t-il pas bonne cause?
Et pratiquant le bien ne doit-il pas jouir
Du prix dont chaque juste aime à se réjouir?
A discuter ces points je ne veux pas prétendre;
Je laisse aux fort savans le soin de nous les rendre;
Me contentant d'aimer un être tout puissant,
Que je me plais à croire affable et bienfaisant.
Je me porte au sujet qu'ici je dois dépeindre,
Sujet aimable et doux, ignorant de l'art feindre,
Que je vois à l'autel où son sincère cœur
Trouve un paisible abri, dont il fait son bonheur.
O sagesse! ô vertu! vos appuis favorables
Environnent ses jours de momens détestables,
Et vos charmes secrets, sur elle répandus,
Sont les heureux garans des prix qui lui sont dûs:
Je l'entends réciter d'une ardeur sans égale
La sublime oraison dite dominicale;
Sensible aux maux d'autrui, jalouse de son bien,
Elle appelle pour lui le pain quotidien.
Qu'elle est touchante, hélas! quand sa voix douce et pure,
Promet au Rédempteur d'oublier toute injure;
C'est cependant envain qu'elle fait ce serment,
Car son cœur méconnaît l'affreux ressentiment.
Au grand Être parfait, des vertus digne émule,
Tu peux sans hésiter envoyer ta formule;
Ce bon père attendri, soutenant ta ferveur,
Acceptera des vœux présentés par ton cœur.
O mortelle sans fard! l'amour divin t'embrase,
Il t'anime, il t'étreint, il te met en extase,
Tu n'en es que plus belle, et ton calme serein,

Fait adorer la paix qui séjourne en ton sein.
On ne peut s'y tromper, la vertu qui t'anime,
En marquant tous tes pas nous laisse un point sublime ;
D'une part ta bonté, soutenant le malheur,
Met trève aux cris aigus, que pousse la douleur:
De l'autre on voit l'effet de ta main salutaire,
Chez le triste indigent que tu nommes ton frère,
Et pour le soulager employant ton pouvoir,
Tu jouis d'acquitter un si noble devoir:
J'entre dans sa maison, des biens environnée,
Asyle de la paix, demeure fortunée,
Où son ame à l'abri, dans un paisible accord,
Goûte un bonheur bien doux, sans crainte, ni remord ;
Dans ses charmans liens, heureuse et satisfaite,
Elle annonce en tout tems félicité parfaite.
Comment ne pas jouir du suprême bonheur,
Quand on porte avec soi toujours la paix du cœur.
De ces nœuds solennels sont nés de tendres gages,
Marquant tous dans leurs traits les plus heureux présages :
Pour ces jeunes rameaux, que de soin ! que d'amour !
Bonté, tendrésse, ardeur s'y montrent tour à tour ;
A peine sortent-ils de la plus tendre enfance,
Qu'ils démontrent déjà, par leur obéissance,
Les plus heureux penchans qui vont les rendre tous
Excellens citoyens, bons pères, bons époux :
Ainsi l'arbre dressé par une main habile
S'embellit chaque jour, et sa branche fertile,
Répondant à l'espoir du bon cultivateur,
Lui donne abondamment des fruits pleins de saveur ;
Ce n'est pas cependant qu'une existence austère
Égale ma dévote à ce dur solitaire,
Qui toujours gémissant ne voit que le courroux
D'un dieu plein de rigueur, prêt à lancer ses coups ;
Loin de là, dans son ame, une juste sagesse,
Le lui peint comme un père épuisant sa tendresse

Sur les faibles humains qu'il juge ses enfans,
Et qu'il comble de biens par des soins caressans.
Elle le voit tendant la main même à l'impie,
Profiter du moment que son amour épie
Pour lui changer le cœur, le rendre à la vertu,
Et ramener à lui cet esprit trop têtu :
C'est par ces sentimens qu'on voit s'éloigner d'elle
Le souci dévorant et la peur éternelle,
Et que son calme heureux lui montre un avenir
Comme un consolateur prêt à la soutenir.
Affable à ses amis, ne rébutant personne,
Une douce gaieté sans cesse l'environne ;
Sa belle ame jouit, profite du plaisir,
Mais toujours séparée du frivole désir :
Elle sait éviter le dangéreux tumulte,
Dont la légèreté la fatigue et l'insulte ;
Et des amis parfaits que distingue son cœur,
De sa société partagent la douceur.
Dans leurs aimables jeux jamais la noire envie
N'amène les serpens dont elle est poursuivie ;
Tout est vrai, tout est pur, et leur tendre lien
Semble s'être formé pour concourir au bien ;
Tout est riant enfin dans sa belle existence,
Où la vertu se joint à la sage prudence ;
Et son bonheur par fois vient-il à s'isoler,
Elle en fait part à Dieu qui sait la consoler.
Pourquoi de la vertu méprise-t-on les charmes ?
Pourquoi va-t-on chercher les soupirs et les larmes
Dans tous les faux plaisirs d'un monde corrompu,
Où le repos de l'ame est trop interrompu ?
Insensés! venez voir ma charmante dévote,
Qui, sage par principe, et sans être bigote,
Nous prouve qu'un cœur pur, exempt d'illusion,
Goûte un bonheur parfait dans la religion.

2.*

LA PRUDE.

Un objet, figurant sur le même théâtre,
De l'aimable vertu paraît être idolâtre;
Mais c'est un vil tyran, un perfide enchanteur,
Qui sous de vains déhors recèle un imposteur.
Il est d'autant plus faux, et d'autant plus à craindre,
Qu'il est maître absolu dans le grand art de feindre;
Et que de tout remord sachant se dégager,
Il faut un grand travail pour pouvoir le juger:
Quoi de plus dangereux, en effet, que le vice,
Qui vole la vertu par un vil artifice,
Et que de cœurs il trompe avant de détacher
Le masque séduisant qu'il prend pour se cacher:
Venez paraître au jour, astucieuse prude,
Dont le soin vigilant avec tant d'art élude
Le lumineux rayon qui peut nous découvrir
Tous les nombreux défauts que vous savez couvrir.
Pointilleuse en tout point, un mot vous effarouche,
Des phrases de vertu sortent de votre bouche;
Et, paraissant haïr jusqu'au moindre défaut,
Sans crainte et sans pitié vous le blâmez tout haut.
Hélas ! dans votre erreur, qui se porte à l'extrême,
De feindre ou de tromper adoptant le système,
Le vice n'est plus rien, si, couvert d'un manteau,
Aux yeux trop clairvoyans il oppose un bandeau.
Qui peut vous procurer semblable fantaisie ?
Quels fruits attendez-vous de votre hypocrisie ?
Et ne savez-vous pas que Dieu, de son autel,
Repoussa de tout tems un encens criminel.

Espérez-vous tromper ce Dieu dont la puissance
Embrasse en un instant sa vaste dépendance,
Dont le droit est suprême ainsi que les décrets,
Et qui perçant les cœurs, en lit tous les secrets :
Qu'il serait étonné, celui que la lumière
Éclairerait enfin sur le rusé mystère
Employé par vos soins pour cacher les plaisirs
Que votre cœur ardent accorde à vos désirs.
En vous apercevant le matin à la messe,
Au sermon à midi, puis le soir à confesse,
Rechercher pour abri le sein de votre Dieu,
Pourrait-il se douter que le tout n'est qu'un jeu ?
Il est cependant vrai, que bien loin de la grace,
Votre cœur impudent n'agit que par grimace,
Et qu'au lieu d'adresser vos vœux à l'Éternel,
Vous flattez dans son temple un penchant criminel ;
Que chez vous le désordre et la noire malice,
Adroitement cachés sous un vil artifice,
Sont des tyrans honteux, dont la perfide erreur,
Dans un secret profond abuse votre cœur !
Mais de suivre leurs loix, en rougissant vous-même,
Vous voulez les cacher avec un soin extrême,
En prenant un moyen qui, faux et rebattu,
Vous donne injustement les traits de la vertu ;
Votre costume adroit ajoute à la méprise :
Grand bonnet sur vos yeux décemment se divise,
Et le double mouchoir, couvrant tous vos appas,
Atteste vos mépris pour les biens d'ici bas :
Adoptant par principe un air froid et sévère,
Vous semblez repousser tout regard téméraire,
Et craignant de montrer un transport indécent,
Vous ne souffrez pas même un souris innocent.
Si dans un temple saint vous restez en extase,
Pour feindre un pur amour, dont le feu vous embrâse,
Vous voyez le témoin dont le cœur stupéfait,

Va vous considérer comme un être parfait.
Oh ! quel plaisir pour vous, d'entendre dans le monde,
Vanter votre vertu comme étant sans seconde !
Vous redoublez alors vos superbes dédains,
Et criez hautement contre les goûts mondains.
Contrainte à recevoir des visites d'usage,
Votre étude s'applique à paraître bien sage,
Et par un tour adroit, amène l'entretien
Sur la nécessité de pratiquer le bien :
Alors avec transport votre finesse étale
Les principes sacrés d'une saine morale ;
Rien n'est plus vertueux, et vos propos touchans,
Ont l'air de s'accorder avec tous vos penchans :
Si le discours s'étend sur les différens vices
Qui font des débauchés la honte et les supplices,
Vous étendez les bras, en élevant les yeux,
Pour feindre d'implorer leur pardon dans les cieux.
Après avoir enfin établi vos maximes
Où se peint la sagesse et ses douceurs sublimes,
On vous quitte; et le vice, avec son air sournois,
Sourit d'avoir trompé tant de monde à la fois.
Vous venez de la voir cette sévère prude,
Dont l'air est si décent et la vertu si rude ;
Approchez maintenant, elle est dans son boudoir,
Rejettant de côté le modeste mouchoir ;
Le grand bonnet n'est plus, la cornette élégante
Prend pour le remplacer une forme charmante,
Et la robe à longs plis, cédant au fin jupon,
N'empêche plus de voir un petit pied mignon ;
Le rouge le plus fin colore un peu sa joue ;
La gaze transparente, adroitement se noue
Sur son sein ravissant, dont la douce blancheur
Rehausse deux rivaux de la plus belle fleur.
Que de soin elle prend pour se donner des grâces,
Et que de fois sur-tout, en consultant les glaces,

Elle arrange et dérange un fichu caressant,
Pour lui donner encore un tour plus séduisant;
C'est ainsi qu'au divin succède le profâne,
Dans le mystère admis qu'en public on condamne:
Cupidon, dis-le moi, d'où vient ce changement,
Et veut-il annoncer un tendre événement.
Eh quoi ! tu me conduis dans l'aimable retraite
Que l'amant connaît seul, ainsi que la soubrette,
Qu'y vois-je, Dieu puissant ! m'en serais-je douté !
Un amant sur le sein de la divinité.
Ah ! dépeindrais-je ici de si douces étreintes
Arrachant à leurs cœurs des cris, de tendres plaintes,
Mille transports nouveaux sans cesse répétés,
Et vous, baisers divins, enfans des voluptés.
J'arrête mes propos, la sévère décence
M'ordonne de cacher ses traits d'effervescence,
Et je me borne hélas ! à gémir en mon cœur,
Sur les nombreux excès de son esprit trompeur.
Tout homme un peu sensé connaîtra, dans la prude,
Une actrice du jour qui se fait une étude
De peindre la vertu, les nobles sentimens,
Et qui se livre après à ses égaremens;
Cependant je la crois encor plus condamnable
Puisqu'abusant de tout, son esprit détestable,
Pour pouvoir mieux tromper et déguiser son jeu,
Affecte effrontément de n'adorer que Dieu.
Méprisons à jamais cette vile hypocrite,
Dont le cœur perverti n'offre pour tout mérite
Qu'un perfide talent, un art mystérieux
Que dirige sans cesse un goût astucieux.
Avec un peu de soin on pourra la connaître:
Malgré son air décent, elle a les yeux d'un traître,
Et son regard furtif, indécis, patelin,
Répand sur sa figure un trait faux et malin.
Dans son accent flateur on trouvera de même

Des mots à double sens, une contraite extrême,
Employant sans motif les interjections,
Surtout en déclamant contre les passions :
A ces traits différens on ne peut se méprendre,
J'ai mis tout mon désir à justement les rendre,
Et je serais heureux, si ce vice abattu,
Pouvait restituer son vol à la vertu.

LA FEMME GALANTE ET VOLUPTUEUSE.

Amour ! cruel amour ! quelle est ton imprudence
En souffrant les excès d'une folle licence !
Comment ne vois-tu pas que tu perds à ton tour
Et ta plus douce gloire, et l'éclat de ta cour ?
Pourquoi dans tes plaisirs admets-tu le mélange ?
Les uns sont délicats, les autres dans la fange ;
Méchant, tu nous contrains à penser que ton cœur
Se plaît à voir régner le vice et son horreur ;
Envain tu nous diras que ce n'est pas ton crime,
Qu'un mortel déréglé de lui seul est victime ;
Ah ! si tu le voulais, tu serais généreux,
Et tu ferais cesser des désordres affreux :
Mais l'on te connaît bien, il faut que ton empire
Soit arrosé de sang et rempli de délire,
Et le jour où ton goût se montre satisfait,
Est celui qui t'a vu signaler un forfait.
Il faut à chaque instant, pour contenter ta rage,
Que le mal à tes yeux expose son image,
Et les cris, les soupirs, soumis à ton pouvoir,
Font naître ton bonheur au lieu de t'émouvoir.
N'est-ce pas toi, cruel, qui suscitas la guerre
Où périt ce héros renommé sur la terre,
Où tant d'autres aussi trouvèrent le trépas,
Pour un rapt imprudent, fait au roi Ménélas ?
Enflammant de tes feux son épouse parjure,
Toi seul la contraignis à commettre l'injure,
Et l'on accuse envain l'infortuné Pâris,
Ton cœur enfanta tout dans ses projets chéris ;

Que de sang fut versé dans ces jours de vengeance !
Que de maux attirés sur la faible innocence !
Vaillans Grecs ! ô Troyens ! l'on vous eut excusés,
Si l'on vous avait vus justement offensés :
Mais un lit délaissé faisant naître la guerre,
Devait-il exciter tant d'horreurs sur la terre !
O perfide, c'est toi, dont l'injuste courroux
Mit au jour des excès pour ton cœur bien trop doux.
Je ne finirais pas si je voulais dépeindre
Les tourmens infinis dont tu sus nous atteindre.
Ah ! je te vois encore au camp de Godefroi,
Soumettre ses guerriers à ton injuste loi ;
Je te vois protégeant la séduisante Armide,
Encourager ses soins et lui servir de guide,
Puis l'immolant après, faire entrer dans son cœur
Un sentiment nouveau qui trompa son bonheur.
Abominable enfant, dans le sein de ta mère,
Tu lanças très-souvent ta flèche meurtrière,
Et même en l'accablant de tes dangéreux traits,
Tu lui fis éprouver mille tourmens secrets :
Pour combler tes excès, à Jupiter lui-même
Tu fis quitter les cieux sous un mortel emblême ;
Et l'invincible Mars, soumis à tes liens,
Vit désarmer ses bras pour tomber dans les tiens.
Fuyant tous les dangers, la modeste Diane
Méprisait les douceurs de ton plaisir profane ;
Sévère, un seul regard fit périr Actéon,
Mais tu sus lui montrer le bel Endymion.
Perfide enfant, c'est toi, dont le penchant funeste,
Alluma méchamment les flammes de l'inceste,
En dévora les seins de Caunus et Biblis,
Sans oublier Myrrha, la mère d'Adonis :
Insensé, furieux, ne sachant plus que faire,
Tu fis naître en un jour une race étrangère ;
L'ardente Salmacis, de ses bras criminels

Engagea son amant dans des nœuds éternels.
On sera peu surpris, après autant d'exemples,
De voir cet imposteur admettre dans ses temples
Les charmes tout divins du plaisir innocent,
En mettant auprès d'eux le transport indécent.
C'est un doux jeu pour lui de faire une alliance
Dont la raison gémit et le bon goût s'offense;
Il se moque de tout et ne s'endort jamais,
Craignant de voir cesser un moment ses forfaits;
Tel est votre Mentor, folle voluptueuse;
C'est lui qui vous montra la route tortueuse,
Qui conduit aux excès un tendre sentiment,
Et qui souvent le change en horrible tourment:
A vos yeux éblouis offrant un vain prestige,
Faisant revivre en vous le goût qui vous dirige,
Il pénètre vos sens et sa perfide ardeur
D'un feu toujours nouveau fait brûler votre cœur.
J'ouvre sans balancer votre triste carrière,
Détestable chemin qu'a produit la Chimère,
Où, par de faux plaisirs votre goût émoussé,
Éprouve le néant d'un sentiment usé.
Rien n'égale l'amour, quand un trait qu'il épure
A blessé deux amans soumis à la nature;
Répondant à sa voix, ils goûtent des transports
Qui leur ouvrent les cieux dans leurs divins accords.
L'ame en ce doux moment a le droit de prétendre
Au bonheur séduisant qu'anime un jeu si tendre,
Et sa félicité, dans ses justes liens,
Retrouve à chaque instant la source des vrais biens :
Mais de ce sentiment jugez la différence,
Quand il est abruti par une vive offense,
Et qu'il dirige un cœur au vice abandonné,
Caressant un plaisir sans cesse profané.
Funeste volupté, ton erreur nous enlève
Du bonheur délicat le délectable rêve,

Et ton perfide abus, en s'étendant trop loin,
Change un heureux présent en un triste besoin :
Tu nous peins cet oiseau dont la rage exaltée
Déchire à chaque instant le cœur de Prométhée ;
Comme lui mille fois tu détruits en un jour
Le bonheur épuré, le vrai bien de l'amour.
Approche et reconnais l'effet de ton délire ;
Vois le triste sujet que ta fureur déchire :
Son œil, encor chargé de son égarement,
Paraît te demander un nouvel aliment ;
Des élans étouffés marquent sur sa figure
Ce penchant qu'a produit la passion impure,
Et son désir ardent, dans sa vivacité,
Se fait juger l'enfant de la nécessité.
Pour peindre les excès d'une ame pervertie,
Offenserai-je ici la douce modestie ?
Non sans doute, et mes vers, soumis à la raison,
Sauront la respecter jusque dans ma leçon ;
Me bornant, je dirai qu'en son effervescence
Le désir en tout tems signale sa présence,
Et que si quelquefois ses sens sont abattus,
Ils regrettent encor les plaisirs qu'ils ont eus.
Raison ! faible raison ! qu'es-tu près d'un délire
Après lequel un cœur trop ardemment soupire ?
Dévoré de besoins, d'après eux il agit,
Et s'enivre d'un mets dont sans doute il rougit :
Vertu, viens protéger cette voluptueuse,
Qu'un goût désordonné rend toujours malheureuse ;
Et si ta douce voix ne la corrige pas,
Au moins fais-lui choisir des plaisirs délicats.

LA VILE COURTISANNE.

Le croirait-on jamais, que dans cette peinture
Je n'ai pas épuisé tous les traits de l'impure !
Hélas ! dût en rougir la triste humanité,
Il existe un sujet encor plus déhonté :
Approchez un instant, infâme crapuleuse,
Abominable sœur de la voluptueuse ;
Que votre cœur ouvert nous montre le haillon
Où le vice impudent arbore pavillon.
O sexe ravissant, qu'embellit l'art de plaire,
Objet délicieux, félicité première,
Qu'il est affreux de voir offenser ta splendeur,
Par un lâche ennemi, sans honte et sans pudeur.
De la divinité si ta charmante image
Sur tout être existant te donne l'avantage,
Comme elle tu devrais, pour assurer tes droits,
De la seule vertu reconnaître les lois.
On doit être surpris de voir qu'il est possible
Qu'un chef-d'œuvre si beau, délicat et sensible,
Puisse, oubliant l'honneur, respect humain, devoir,
S'avilir quelquefois, et perdre son pouvoir.
Aimable dieu du goût, c'est en vain que ta plainte
Fait entendre son cri contre pareille atteinte ;
Le vice est le vainqueur, et le plaisir honteux,
Dans la fange cueilli, s'estime encor heureux.
Malgré la vive horreur que m'offre ton image,
Parais un seul moment, dieu du libertinage,
Dépeins-moi ta victime, et par un goût nouveau,
Conserve la décence, en offrant son tableau.

Ivres de feux impurs, tes viles héroïnes
Attirent les chalans par le geste et les mines,
Et foulant tout aux pieds, proposent des plaisirs
Où la brutalité remplace les désirs.
Entre en comparaison, criminelle Julie :
Malgré ton rang puissant, ta coupable folie
D'un tendre sentiment méprisant la douceur,
Préféra les excès d'un penchant offenseur.
Pourrais-je t'oublier, ô Messaline impure,
Dont le nom s'est transmis à la race future,
Pour désigner l'objet qu'un goût désordonné
Dans l'antre du désordre a sans cesse entraîné !
De l'empire des morts, sans doute que ton ombre
Revient envisager avec un regard sombre
Ces endroits consacrés aux dégoûtans plaisirs,
Où tant de fois ton cœur a rempli ses désirs.
Approche donc ici, reine des impudiques,
Reçois le sceptre affreux de tes rages lubriques,
Avec l'encens fatal que font brûler pour toi
Les détestables cœurs asservis à ta loi :
Prends par la main, conduis cette jeune victime
Que ta corruption entraîne dans l'abyme ;
Toi-même introduis-la dans ces horribles lieux,
Où le vice enhardi se rend audacieux :
Ni ses appas naissans, ni sa tendre jeunesse
Ne peuvent rallentir le transport qui te presse,
Et c'est en l'immolant que ta lâche gaieté,
Démontre le plaisir que ton cœur a goûté :
Retourne vers Pluton, Messaline barbare,
C'est pour toi que fut fait le tourment du Tartare.
Et toi, fils de Vénus, immonde, crapuleux,
On devrait te priver de ton rang dans les cieux.
O vous qui méprisez la plus belle maxime,
Pourquoi consentez-vous à vivre dans le crime ?
Sachez donc que vos cœurs, par des accords bien doux,

Doivent servir de prix à l'être aimé par vous.
Posséder un amant est un tendre avantage,
Qui ne surprendra pas un mortel vraiment sage ;
Mais si, par un abus, vous le multipliez,
Vous outragez l'honneur et vous vous oubliez.
Regardez le bonheur que vous perdez sans cesse ;
On ne peut le goûter dans une folle ivresse
Où le cœur corrompu ne partage jamais
Qu'un transport dégoûtant dont il rougit après.
Croyez qu'un libertin toujours de vous se joue,
Que même dans vos bras il vous couvre de boue,
Et que votre interêt doit lui ravir un prix
Pour lequel il signale un insultant mépris :
Dans presque tout état il existe un principe
Qui veut que votre sexe avant tout participe
Aux égards, aux honneurs. Eh! pourquoi donc flétrir
L'avantage si doux qu'on aime à vous offrir ?
Pensez à ma leçon, mon cœur seul vous la donne ;
Attristé de vous voir perdre votre couronne,
Il voudrait la rejoindre à vos charmes divers,
Et vous fixer au rang que vous doit l'univers.

LA FEMME BAVARDE.

Il règne en tout pays différens dialectes,
Que chacun adopta, suivant son goût, ses sectes;
Il fallait s'exprimer; enfant de ce besoin,
Le premier mot naquit, en s'étendant très-loin :
Dès le berceau l'enfant, en vagissant s'exprime,
Et par son petit cri, sa tendre mère anime;
Il réclame par-là le généreux secours,
Si nécessaire hélas! à ses débiles jours :
Parmi les animaux règne le même usage,
Chacun a son parler, chacun a son langage,
Exprimant le plaisir, la crainte, ou la douleur,
Et tous les sentimens qui pénètrent le cœur.
L'homme au-dessus de tout signala sa puissance,
Fit valoir les talens de son intelligence,
Et dans son beau parler arrangeant la leçon,
Démontra que son être est formé de raison.
A la parole aussi, par un art qu'on admire,
Il voulut ajouter l'heureux talent d'écrire,
Pour servir au besoin de sa société,
Et transmettre son nom à la postérité.
Il faut en convenir, dans un être ordinaire
Il n'existerait pas tant de points de lumière,
Et l'homme annonce à tout, par ses talens divers,
Qu'il est fait pour régner sur le bel univers.
C'est de lui que tu sors, admirable langage,
Et tu combles nos vœux par ton heureux usage,
Puisque tu nous permets d'exprimer nos desirs,
Nos peines, nos besoins, ainsi que nos plaisirs.

C'est

C'est par toi, qu'à son Dieu, chaque mortel sensible,
Offre son vœu touchant, dans un moment pénible,
Soit pour lui demander un secours attendu,
Ou le remercier du bien qu'il a rendu :
C'est toi qui, soulageant le pauvre en sa misère,
Lui fournit les moyens d'intercéder son frère ;
Et le sincère ami, dans les plus doux momens,
Exprime encor par toi ses heureux sentimens.
A-t-on à regretter une cruelle absence,
On te trace, on t'écrit ; alors dans le silence,
Tu n'en deviens pas moins un tendre bienfaiteur,
Qui se présente à nous comme un consolateur.
Que deviendrait l'amour sans ton secours suprême ?
Que serait un amant, auprès de ce qu'il aime,
Ne pouvant exprimer ses transports, son ardeur,
Et le ravissement que donne le bonheur ?
Ah ! c'est encor par toi, que la leçon du sage
Concède aux jeunes ans le sensible avantage
De chérir la vertu, goûter les documens
Qui doivent les mener aux parfaits erremens.
A toujours t'embellir je pourrais trop me plaire,
Mais la raison me dit qu'il faut être sincère,
Suivre la vérité dans son point principal,
Et raconter le bien sans déguiser le mal ;
Du plus heureux bienfait, très-souvent l'on abuse,
Ainsi le veut le sort que seconde la ruse ;
Et ce parler si doux et si cher aux humains,
Les change quelquefois en êtres inhumains ;
Il donne en son excès l'empire à l'artifice,
Seconde les efforts de la noire malice ;
De lui naissent aussi les discours doucereux,
Les propos révoltans, les caquets dangereux ;
Mais dans un pareil cas, à qui faut-il s'en prendre,
Si ce n'est aux mortels, dont le vice est de rendre
Un utile agrément, nuisible aux intérêts,

Et qui change en défauts les plus nobles bienfaits?
Celui qui le premier, inventa le langage,
Fut loin d'imaginer qu'on en ferait usage
Pour médire, allarmer, et condamner autrui;
Il le fit, loin de là, pour le bien et pour lui:
Crût surtout qu'on aurait, pour sa belle science,
Infiniment d'égards et de reconnaissance,
Et qu'on n'en ferait pas un babil éternel,
Qui rend l'homme malin et parfois criminel.
Pour le sexe surtout, c'est douceur anodine,
De pouvoir exercer sa langue à la sourdine,
Et chez lui le secret est un poids assommant,
Dont il se débarasse avec empressement:
A ta belle leçon, séduisant Lafontaine,
On en ajouterait au moins une douzaine:
Et quand tu nous offris l'époux, la femme et l'œuf,
Tu sus nous enchanter, sans nous donner du neuf.
A quoi tend donc enfin ce long préliminaire?
En ce moment, je crois, c'est un peu téméraire,
Car on doit m'accuser, en m'élevant si haut,
De prendre à mon sujet presque tout son défaut:
Allons, je suis à toi, pétillante bavarde,
Dont les sons répétés, la voix dure et criarde,
D'un flux perpétuel assassinent les gens,
En leur soufflant l'ardeur de tes fougueux accens:
Franchement, dis-le moi, comment se peut-il faire,
Que pas un seul moment tu ne saches te taire,
Et que dans un babil, où tu fais tant d'efforts,
Tu puisses retrouver toujours mêmes transports?
Enseigne-moi comment ta langue exaspérée
Peut agir si long-tems sans être déchirée,
Et par quel art enfin, roulant et déroulant,
Elle entretient sans cesse un ton si turbulent?
Eh quoi! pas un moment respecter le silence,
Conserver même ardeur et même violence.

Ah ! sans doute le ciel, voulant nous punir tous,
Te créa pour servir son trop juste courroux.
Pour sortir du danger de ton terrible orage,
Je me sers vainement des excuses d'usage,
Tu redoubles tes cris, et ton acharnement
Me force d'écouter jusqu'au dernier moment.
Laisse-moi respirer, ô bavarde impudente !
Prends pitié d'un tourment que chaque phrase augmente.
Hélas ! j'ai beau prier, mes vœux sont superflus.
Cruelle ! une autre fois, tu ne me tiendras plus !
Puisque tu ne plains pas mon supplice pénible,
A ton propre intérêt sois donc au moins sensible,
Et songe que l'excès qui te fait triompher,
Au sein de ton plaisir peut aussi t'étouffer :
Méprisant ma leçon, tu prononce l'injure ;
J'en frémis ; et je crois ta présence peu sure.
Un seul moment tais-toi : je saisis mon manteau,
Et je m'en vais plus loin achever ton tableau.
Je la suis dans le sein de son bruyant ménage :
Ah ! c'est là que sa langue en tout tems fait tapage !
Enfans, servante, époux supportent tour à tour
Le poids de son parler qui double chaque jour ;
Sur la mer en fureur souvent on voit les ondes,
Sortir, en bouillonnant, de leurs grottes profondes,
S'animer, se lever, et se répandre en flots,
Inspirant la terreur aux hardis matelots ;
De même la bavarde, en son ardeur brûlante,
Fait retentir les airs de sa voix glapissante,
Et ses mots répétés, ses phrases, ses éclats,
Deviennent un torrent qui tombe avec fracas.
En parlant constamment, il est plusqu'impossible
De ne pas faire au goût un outrage sensible,
Et de ne pas créer ses tours officieux
Que fournit le mensonge au front audacieux.
Mon héroïne aussi, que le besoin demange,

3. *

Hazarde plus d'un trait qu'avec art elle arrange,
Et par mille propos entamés et repris,
Outrage un auditeur étrangement surpris,
Craignant que le discours n'éprouve quelques chûtes,
On la voit constamment amener les disputes :
Dans ce terrible choc, malheur à l'imprudent
Qui veut placer un mot, même en se défendant :
Car alors ses hauts cris, son transport, sa rage,
De la foudre qui gronde, imite le tapage,
Et bientôt ce rival, du bruit épouvanté,
Recule et se repent de sa témérité.
Venez la voir encore au sein d'une assemblée :
Là, par un feu nouveau, sa langue stimulée,
Répond sans s'arrêter à son penchant fatal,
Et rend les sons confus d'un parler sans égal,
Chaque assistant frémit, et réduit au silence,
Reçoit avec douleur la terrible affluence,
Dans l'espoir consolant de voir enfin cesser
Le fléau rigoureux qui vint pour l'offenser;
Mais hélas! bien souvent, trompé dans son attente,
Son vœu n'est pas servi, sa terreur en augmente,
Alors il part et fuit, court à des lieux plus surs ;
Elle, dans son dépit, parle et reparle aux murs.
Aux rangs tumultueux des femmes trop causeuses,
Il en est dont les voix un peu moins orageuses,
Se livrent aux caquets, et leur loquacité,
Se répand doucement en secret comité :
Du principe verbeux, ces espèces bâtardes,
Se nomment proprement petites babillardes ;
Mais dans des points bornés, leurs perfides propos,
N'ont, la plûpart du tems, ni cesse, ni repos,
Créant dans le mystère un conflit de nouvelles,
Leurs blessures souvent n'en sont que plus cruelles,
Car un mortel frappé d'un mensonge indécent,
Est souvent condamné quoique bien innocent :

Pour peindre un des sujets de langue à second ordre,
Et prouver à quel point il peut blesser et mordre,
Il suffira d'entrer dans ses petits endroits,
Où chacun pour régner prétend avoir des droits ;
La petite causeuse anime ses théâtres,
Les remplit de rumeur par ses propos folâtres,
Et pour avoir des traits de la première main,
Invente dans la nuit le bruit du lendemain ;
Voyez-là se glisser chez sa bonne voisine,
Entendez-là narrer une histoire badine,
Où l'objet de sa haine adroitement froissé,
Va servir de jouet au public abusé ;
Si contre son attente on remonte à la source
De ce propos méchant, aussitôt sa ressource,
Est de charger quelqu'un de ce pésant fardeau,
En joignant au mensonge un mensonge nouveau.
Je dois parler encor de tous ses artifices,
De ses complots secrets, de ses noires malices,
Où son goût dominant, exerçant sa fureur,
Sème par-tout l'effroi, le trouble et la terreur.
Voyez ces deux amis, qui dès leur tendre enfance,
Se sont toujours aimés avec même constance,
Hélas ! par ses caquets, beaucoup trop criminels,
Ils rompent pour jamais leurs sermens solemnels ;
Jalouse du destin d'un fortuné ménage,
Elle en trouble la paix par son vil bavardage,
Et bientôt des époux unis dans leurs liens,
Voyent l'affreuse discorde enlever tous leurs biens :
O vous dont le penchant est de suivre ce vice,
Examinez les maux naissans de sa malice !
Jugez-en les excès, et qu'un retour heureux
Vous fasse abandonner ce goût trop dangereux,
En suivant le torrent d'un mal aussi funeste,
D'un pays tout entier vous vous rendez la peste,
En excitant en lui trouble, division,

Résultats odieux de votre passion ;
Agissant contre vous, vous préparez l'abyme
Où de vos noirs caquets, déplorable victime,
Vous vous engloutissez en traînant le fardeau
De la haine publique et de tout son fléau ;
Vous perdez la douceur d'aimer et d'être aimée,
En est-il cependant qui soit plus estimée,
Plus faite pour calmer, nos peines, nos combats,
Et ralentir les maux qu'on éprouve ici bas ?
Croyez-moi, rejettez ce caquetage infâme,
Qui pour s'alimenter assassine et diffâme,
Ou si votre penchant vous en forme un lien,
Ne parlez donc jamais que pour dire du bien.

LA FEMME AVARE.

Cupide goût de l'or, soif affreuse et cruelle,
Toi dont l'ardeur dévore et devient éternelle;
Est-il vrai qu'un humain, qu'accablent tes tourmens,
Méprise pour jamais les plus doux sentimens?
Est-il vrai que ta force, en s'animant sans cesse,
Détruit à chaque instant la vertu, la sagesse,
Et qu'un avare, enfin, adorant ses trésors,
Est capable pour eux d'affronter mille morts?
Il n'en faut pas douter, puisqu'on a bien des preuves
Des excès inouis dans lesquels tu t'abreuves,
Et qu'il est assuré qu'un cœur rempli de toi,
De l'inhumanité suit la barbare loi:
En effet le Phénix, ce bel oiseau si rare,
Se trouverait plutôt que de voir un avare
Posséder un bon cœur et protéger la main
Que lui tend forcément son malheureux prochain:
A ses propres besoins, constamment insensible,
Pour se priver de tout il tente l'impossible:
Et loin de se montrer pour lui-même indulgent,
Au milieu de son or il devient indigent:
Barbare sans pitié, dans son ame féroce,
Il s'élève souvent un sentiment atroce,
De la douce nature en rompant les liens,
D'un frère encor vivant il convoite les biens;
Poussé par son penchant à l'or dont il raffole,
Il donne son amour, il en fait son idole;
Mais très-religieux pour cet objet si doux,
De sa main qui le touche il est même jaloux:

S'il le caresse hélas ! l'affreuse inquiétude,
L'agite et le poursuit malgré sa solitude ;
Il croit entendre et voir le perfide larron,
Qui pour le lui ravir afranchi son perron.
Au bruit le plus léger, qu'il juge une cohue,
Il couvre son trésor avec sa main crochue,
Puis demeure en suspend, et n'ose respirer
Jusqu'à ce que son cœur puisse se rassurer :
Il est enfin tranquille; alors son soin extrême
Se porte tout entier sur ce second lui-même.
Il l'embrasse, il le compte, ô plaisir enchanteur !
L'aspect de chaque écu cimente son bonheur.
Quelque soit son ivresse , il faut qu'il abandonne
Cet objet qu'avant tout il range et emprisonne :
Jamais baiser d'adieu ne fut aussi touchant,
Il y laisse son ame avec tout son penchant.
Me laissant entraîner, sans doute je m'égare ;
Je ne devrais parler que de la femme avare,
Car, quoique par leurs goûts, ce soit deux concurrens,
Ils sont assujettis à des jeux différens,
Épuisant le grand art de la parcimonie,
L'Harpagone en tout sens retourne sa manie,
Et porte encor plus loin ce péché capital,
En lui donnant un tour vraiment original :
C'est surtout au détail qu'elle en règle l'usage :
Un simple sou toujours est un grand avantage,
Quand par cet art nouveau son soin l'a raccroché
Sur les petits objets qu'elle achète au marché ;
Que de discours outrés ont précédés l'emplette,
Que de cris pour un chou, quel train pour une blette!
Toujours avec cet air étrangement surpris,
Annonçant hautement que tout est hors de prix :
De ces achats fréquens énormes sacrifices,
Elle voudrait souvent éviter les supplices ;
Car enfin tous les jours quelques sous envolés

Unissent des trésors à regret immolés,
Mais de nécessité le propice légume
Doit enfler le morceau qui dans le pot s'écume,
Autrement sa faiblesse et son exiguité,
La déconcerteraient malgré son âpreté ;
C'est ce que prudemment notre avare calcule,
Et quoique ces objets soient d'un prix ridicule,
Elle préfère encor avec soin les chercher,
Plutôt de recourir au ruineux boucher :
Jugez de son courroux de retour au ménage,
En voyant que vingt sols, malgré tout son tapage,
Ont à peine suffi pour la provision,
Ses larmes arrosent l'ample profusion :
Malheur au bon mari s'il montre sa présence,
Il va porter le poids de l'horrible dépense,
Et s'entendra traiter de gourmand, de pervers,
Qui voudrait en un jour avaler l'univers.
Cependant le repas, enfant de sa lésine,
Devrait un peu calmer cette guerre intestine ;
Car en tout tems borné, strictement exigu,
Il livre l'estomac au besoin trop aigu ;
Au moins si par l'accord il se montrait tranquille,
Et si paisiblement on mangeait en famille,
En se bornant souvent au seul morceau de pain,
La paix adoucirait les tourmens de la faim ;
Mais par un tour adroit, bien digne de sa rage,
Elle a soin d'exciter un éternel orage :
Chacun tremble, frémit, et dans un tel danger,
Malgré son appétit redoute de manger :
C'est surtout dans le point de sa folle toilette,
Qu'elle met en avant une crasse complette,
Tout y forme un amas de guenilleux morceaux,
Faisant tenace guerre à tous les goûts nouveaux.
D'un côté son jupon, du tems triste victime,
De sa sordidité manifeste le crime,

Digne émule de lui son dégoûtant corset
A l'avarice même ose offrir un placet.
Quinze ans pour un tendron sont un grand avantage,
Mais qu'un mouchoir est vieux quand il est à cet âge !
Surtout quand chaque jour au devoir asservi,
Sur le col d'une avare il a tout seul servi,
O ! quel bonnet, grands dieux ! est-on en mascarade ?
Ou pour se déguiser se met-elle en parade ?
Petit ruban monté sur un tulle jauni,
Avec quelques filets forme ce beau fini ;
Ce n'est pas ce chiffon qui se termine en pointe,
Auquel sans contredit la veillesse est conjointe ;
Qui pourra du bon goût la remettre au niveau ?
Il me fait quant à moi rejetter mon tableau ;
Mais, en me permettant un peu de réticence,
Je saurai conserver assez de patience
Pour retrouver encor, dans ce maudit objet,
Les vices dégoûtans auxquels il est sujet.
Son amour pour l'argent lui donne une ame dure,
Le nom de charitable est pour elle une injure ;
Et toute entière à lui, vainement le malheur
Chercherait un accès dans son cupide cœur ;
Sa morale est toujours à l'intérèt conforme,
Lui seul en la créant en dirige la forme,
Et sans jamais sortir des règles qu'il prescrit,
Son desir le plus cher est d'en goûter le fruit ;
D'un tendre sentiment repoussant l'influence,
Elle a pour le plaisir entière indifférence ;
L'or seul a son amour, l'or seul est son soutien,
Tout autre objet que lui se méprise et n'est rien.
Femme avare, arrêtez, envisagez la haine
Qui fait naître un penchant dont le cours vous entraîne ;
Il faut aimer l'argent, mais écouter la loi
Qui dicte le devoir de l'employer pour soi :
Sachez donc qu'il ne vaut qu'autant qu'en son usage

Pour un besoin réel on en tire avantage,
Et qu'un simple caillou vaudrait autant que lui,
Si la convention n'en faisait un appui ;
La crainte de manquer est la cause première
D'un vice où vous montrez le cœur d'une mégère.
Ah ! ne voyez-vous pas les plus petits oiseaux,
Vivre malgré l'hiver et ses horribles maux.
Ils n'ont pas comme vous de nombreux avantages ;
Un trou dans un rocher renferme leurs ménages,
Où quelques petits grains, entassés sans façon,
Suffisent avec Dieu pour passer la saison :
Croyez-moi, rejettez ce goût qui vous égare,
Il donne à votre cœur un sentiment barbare ;
Il lui ravit son bien, ses douceurs, ses plaisirs,
Sans jamais contenter vos cupides desirs.
Ah ! si je ne craignais d'exciter la colère
Du gentil médecin que j'offre d'ordinaire,
Je vous dirais d'aimer ; mais hélas ! votre cœur
Peut-il appartenir à ce charmant vainqueur ?
Accoutumé de voir l'élégance et la grâce,
De mon coupable avis il blâmerait l'audace,
Et peut-être en comblant l'excès de son courroux,
Il me ferait aimer un sujet tel que vous.

LA FEMME NONCHALANTE.

Trompeur sommeil des sens, langoureuse indolence,
C'est envain que souvent on te goûte, on t'encense,
Ton monotone effet, loin d'être séduisant,
Ne peut que procurer un dédain offensant;
Peut-être croiras-tu te rendre supportable
En fixant ton séjour chez une femme aimable;
Rejette cet espoir, car la beauté n'est rien,
Si la vivacité ne lui sert de soutien:
Un exemple, dit-on, nous fournit le modèle
D'un mortel que brûla de l'amour l'étincelle,
Pour un bloc travaillé de son adroite main;
Mais, en réfléchissant, ce témoignage est vain.
N'a-t-il pas recouru, par sa vive prière,
Au maître tout-puissant, dont la bonté prospère,
Par un prodige heureux son idole anima,
En lui donnant un cœur qui sentit et aima.
Sans ce secours divin eût-il, de la tendresse,
Éprouvé le bonheur et la touchante ivresse?
Hélas ! il eût gémi, puisqu'on est obligé
De souffrir d'un amour qui n'est pas partagé:
Où règne le bonheur, quand un bras insensible
A l'air de repousser un transport indicible,
Ou s'il ne s'étreint pas au moment du desir
Que fait naître l'amour, en son divin plaisir.
Tendre Pigmalion, ton marbre en existence,
Devint un être heureux, et sa reconnaissance
Te donna des douceurs qu'il sentit avec toi,
Et d'un charmant accord te fit aimer la loi:

Par ses sens engourdis la triste nonchalante
N'estime que fort peu tout ce qui nous enchante,
Les plaisirs et les jeux, sont d'elle méprisés,
Si par quelques travaux ils restent balancés :
Indifférente à tout, son extrême mollesse,
Lui donne un air mourant, un regard de tristesse,
Et sa marche traînante annonce les combats
Auxquels elle est soumise à chacun de ses pas:
Dans l'espèce des sangs qui coulent dans nos veines,
Il en est qui souvent sont cause de nos peines,
En tout tems enflammés, subtils, impétueux,
Ils font naitre en nos cœurs des sentimens fougueux ;
Nous en avons aussi d'infiniment plus sages,
Dont la tranquillité garantit des orages :
Ce sont ceux qui, gardant un milieu modéré,
Nous donnent sur les sens un empire assuré.
Mais quel est donc celui qui, pour la nonchalante
Fait couler tristement sa source languissante ?
Amour ! protèges-le, viens exercer tes droits,
Et pour le ranimer fais entendre ta voix;
Mais hélas ! c'est en vain, quelque soit ta puissance,
Tu ne peux en changer l'apathique silence,
Et sans cesse entouré d'une triste torpeur,
De ton heureux lien il fronde la douceur.
Pour en être assuré, voyez-la dans sa couche;
Toujours des ennemis! une puce, une mouche
S'unirent sans pitié pour troubler son sommeil,
Et lui causer hélas ! un fatiguant réveil;
Heureuse du motif, de mollesse accablée,
Elle obtient un répit à l'heure signalée.
D'un accent douloureux, ah! je l'entends gémir,
Et demander encor un instant pour dormir.
Mais il faut bien quitter ce doux champ de bataille.
O paresse ! dis-moi, que de fois elle bâille ;
Son chef appésanti, collé sur le chevet,

Semble demander grâce, en montrant son regret :
Ainsi l'amant heureux, pour revoir ce qu'il aime,
Oppose à la raison la nécessité même ;
Le dernier des baisers cent fois reçu, donné,
Ne doit pas être encor l'adieu déterminé.
L'excuse est dans son cœur un secret reste à dire,
Il en trouve un tout prêt, c'est l'amour qui l'inspire.
Et qu'est-il ce secret ? il faut en convenir,
Il ne tient qu'au bonheur d'avoir pu revenir :
Enfin il est quitté ce lit rempli de charmes,
Non sans avoir causé le chagrin et les larmes,
Ne nous étonnons plus d'un souci sans égal,
Puisqu'il faut bien agir en ce moment fatal.
Envain par le secours d'une agile soubrette,
Elle épargne les soins d'une longue toilette.
Il est plus d'un instant où sa main au travail,
Dirige une autre main et sert de gouvernail ;
Combien elle gémit de toutes ses contraintes !
Que de cris ! que de pleurs ! et surtout que de plaintes !
La fin seule adoucit ce tourment rigoureux,
En amenant pour elle un repos trop heureux :
Usant dans un fauteuil des bienfaits qu'il prodigue,
Elle repasse alors son énorme fatigue,
Et quoique soupirant d'un excès inoui,
Son cœur en cet instant demeure épanoui ;
Malheureuse Doris, par quelle erreur funeste,
Aimant l'oisiveté, vice que l'on déteste,
Te livres-tu sans crainte à son perfide appât ?
Sans songer que tu perds ton plus brillant éclat ;
Abandonne à jamais ta coupable indolence,
Elle avilit le don de ta belle existence,
Et ne te procurant qu'un chancelant appui,
L'entoure à tout moment de soupirs et d'ennui.
Prends pour soutien l'amour, ce dieu soignant ton être,
S'empressera bientôt de faire disparaître

Un penchant malheureux, et pour le remplacer
De sa divine ardeur, il saura t'embrâser:
Vois la charmante Églé qui sous ses maux succombe,
La pâleur de ses traits ouvre déjà sa tombe,
La mort la suit par tout, et dans son œil éteint,
On lit le genre du mal, dont son cœur est atteint:
Mais bientôt s'animant, cette beauté ternie,
Reprend tout son éclat, et perd son insomnie;
Meilleure que jamais, sa santé de retour,
Trouva son médecin dans les bras de l'amour.
Imite donc Doris l'aimable prosélite,
Le Dieu te tend les bras; dans son sein il t'invite
A venir partager ses plaisirs, sa douceur;
Crois-moi, c'est le moyen de ranimer ton cœur.

LA FEMME JALOUSE.

Implacable Junon, toi dont l'humeur jalouse,
Te rendit si souvent une incommode épouse,
Sois sensible à mes vœux, protège mes efforts,
Je vais des cœurs jaloux dépeindre les transports;
Je vais aussi parler de leurs tristes souffrances,
Des soupçons, des soupirs, et surtout des offenses
Qu'excite en ses excès, un penchant criminel,
Et qui d'un tendre amant, fait un amant cruel:
Ah! s'il te reste encor cette ancienne furie,
Où ton cœur tant de fois montra la barbarie:
Viens m'en peindre l'accès et joins y le courroux,
Que fit naître en ton sein un infidel époux;
S'il faut un nouveau feu pour ranimer ta rage,
Je vais te rappeller les traits de ce volage:
Ton cœur, par mes tableaux, sensible au souvenir,
De son secours puissant viendra me soutenir.
Revois donc en ce jour cette Europe charmante,
Entends le triste accent de sa voix gémissante,
Reconnais ce taureau, qui malgré ses douleurs,
L'emporte sur son dos en méprisant les pleurs:
Bientôt quittant le jeu de sa métamorphose,
Il finit un tourment que la frayeur lui cause,
Et d'un amant soumis, lui montrant la douceur,
La force de sourire à son heureux vainqueur;
Revois la belle Io, déplorable victime
Du penchant d'un époux dont tu lui fis un crime:
O déesse! ayes pitié de son malheureux sort,
Modère ta vengeance, ou donne-lui la mort:

Considère

Considère l'oiseau qui tendrement implore,
L'adorable Léda, qu'un feu secret dévore,
Entends la soupirer en pressant sur son sein
Ce cigne dont l'amour seconde le dessein :
Ah ! puisque mon projet est d'augmenter ta peine,
Viens donc revoir encor la trop heureuse Almène.
Ton époux, empruntant les traits d'Amphytrion,
L'étonne et la ravit dans son illusion :
Redouble ta fureur, et songe à la couronne
Qu'il obtint dans les bras de la belle Latone,
Vois celle qu'en sa tour lui donna Danaë,
Vois-le soumis enfin à la tendre Aglaë.
O déesse ! est-ce assez de toutes ces images !
Ai-je assez, dans ton ame, excité les orages ?
Ç'en est fait ; tu frémis : souffle donc en mon cœur
Ton funeste poison, ainsi que ta fureur :
Par fois l'ame sensible éprouve des alarmes,
Et la beauté souffrante échappe quelques larmes ;
Mais c'est un doux murmure imitant le ruisseau
Qui, sans trop s'agiter, laisse couler son eau.
L'amour aussi permet un soupir, une crainte,
Et même quelquefois autorise une plainte ;
Mais il commande alors un accent modéré,
Et ne supporte pas un transport égaré,
Cet accent est le cri d'une beauté sensible,
Qui dans son doux penchant se montre susceptible
Au plus léger soupçon de la perte d'un cœur,
Dans lequel elle a mis sa gloire et son bonheur.
Bien loin de signaler une affreuse folie,
Son chagrin, doucement, vit de mélancolie,
Et sans injurier un amant délicat,
Ne change pas l'amour en un affreux combat !
La jalouse, à ces traits, ne peut se reconnaître,
Un soupçon déchirant sans cesse la pénètre,
Et dans son cœur fougueux elle unit tour à tour

La haine, la colère et le plus tendre amour :
Hélas ! tous ses excés, sa grande violence,
De cet aimable dieu reçurent la naissance ;
Mais son esprit brûlant, dans le sein de ses jeux,
Amène à chaque instant des serpens furieux :
Ces monstres inhumains sans cesse la déchirent,
Lui causent un tourment pour lequel ils s'unirent ;
Et le rendant encor tous les jours plus cruel,
En font dans leur fureur un supplice éternel :
Ah ! qui peindra jamais tous les maux qu'elle endure !
Envain un tendre amant lui répète et lui jure
Que son vœu le plus cher est de suivre sa loi,
Ce serment n'est pas fait pour calmer son effroi ;
De crainte et de soupçon, constamment entourée,
Par ces tyrans cruels son ame est déchirée :
Et par un goût fatal, loin de les repousser,
L'imprudente ! on la voit souvent les caresser :
Tout dans son cœur jaloux se retourne en présage,
Le bruit du doux Eurus lui parait un orage ;
Il s'étonne, il frémit, et prend pour un danger
La chimère entrevue en un songe léger :
Rejettant tous les soins, sa triste maladie
Lui fait voir des trompeurs usant de perfidie :
Tendresse, amour, accords, sermens réitérés,
Sont tous des enchanteurs avec art figurés.
Dans son terrible état, portant tout à l'extrême,
De sa propre faiblesse il se nourrit lui-même,
Et dur envers l'objet qu'il voit prêt à trahir,
Il l'outrage en l'aimant, et parait le haïr.
Infortuné mari, qui trouve en ton épouse
Le penchant dangereux de la fureur jalouse !
Permets-moi de narrer les tourmens infinis
Qui sur toi chaque jour se trouvent réunis :
Quand tu formas tes nœuds, ton estimable envie
Fut de réaliser le bonheur de la vie,

De t'attacher un cœur dont les doux sentimens
Feraient naître pour toi les plus heureux momens :
Avec un tel dessein, un desir aussi tendre,
Devais-tu le penser, et pouvais-tu t'attendre
A voir tes plus beaux jours rendus infortunés,
Et de sombres cyprès tristement couronnés ?
Etre aimé n'est pour toi qu'un horrible avantage,
Que peux-tu recueillir dans un amour de rage,
Qui toujours en fureur, sans pouvoir s'adoucir,
Epouvante plutôt que de faire plaisir ?
Chaque jour, de ton sort, augmente la tristesse ;
Tu voudrais détourner le chagrin qui t'oppresse :
Insensé ! connais-donc qu'un vice radical
Ne peut jamais trouver de remède à son mal :
Envain de ton amour le plus fort témoignage,
Sans cesse attestera que tu n'es pas volage,
La jalouse fureur fait agir ses serpens,
Et parait en vainqueur pour commander aux sens.
Déjà tu vois l'effet de l'aveugle colère,
En t'entendant traiter d'ingrat, de téméraire,
Qui dédaignant ses nœuds, se plaisant à changer,
Va chercher le plaisir dans un lit étranger.
Si chez toi la beauté vient rendre sa visite,
C'est un objet nouveau qui vole à ta poursuite ;
A peine est-il sorti, que sa faible raison
Amène sans égard le trouble en ta maison.
Rien ne peut arrêter le torrent de l'injure :
Qui peut assez punir un perfide, un parjure,
Qui ne respectant rien, a sous ses propres yeux
Manifesté l'ardeur des plus coupables feux.
C'est ainsi qu'en été, du ténébreux nuage
S'echappent les éclairs dont le feu se partage :
Le laboureur ému, tremblant pour ses sillons,
Ecoute en frémissant siffler les aquilons.
O malheureux époux ! rompez plutôt des chaînes

4. *

Dont les pesans fardeaux ne vous offrent que peines:
Peut-être un plus beau jour, en renaissant pour vous,
Resserrera des nœuds qui devaient être doux :
Les chagrins assemblés sur vous en abondance,
En pénétrant vos cœurs, brisent toute espérance :
Et qui vous dit qu'un jour, dans des excès nouveaux,
Vous ne trouverez pas le comble à tous les maux ?
Vous avez tout à craindre en votre destinée :
Jugez-en par la fin de cette infortunée
Dont le cœur agité par un transport jaloux,
Reçut le trait fatal de la main d'un époux.
Céphale était chasseur, et la saison brûlante
Lui faisait rechercher l'haleine caressante
De l'agréable Eurus, dont le tendre bienfait,
Tempérait du midi le redoutable effet:
Souvent il l'invoquait, et sa voix amoureuse
Réclamait hautement sa fraîcheur généreuse.
Cher Eure! viens à moi, disait le beau chasseur,
Et de ton souffle heureux donne-moi la douceur.
Son épouse, Procris, qu'attristait son absence,
Le suivait dans les bois, en célant sa présence.
Un jour elle entendit son innocent appel,
Et son cœur prévenu le jugea criminel:
Un jaloux veut toujours avoir un témoignage
De l'infidélité dont le crime l'outrage.
Aussi Procris gardant ce soupçon dans son sein,
De surprendre Céphale eut bientôt le dessein:
Dans un des coins du bois, près d'un ruisseau limpide,
Elle voit son époux: et l'erreur qui la guide,
La fait soudain cacher dans un sombre réduit
Où le malheur voulut qu'elle causât du bruit:
Céphale imagina qu'un animal sauvage
Avait seul excité ce bruit dans le feuillage,
Et bientôt de son arc, un trait toujours vainqueur,
De la tendre Procris alla percer le cœur :

Il entendit frémir, heureux de sa victoire,
Il se précipita pour jouir de sa gloire.
Oh ciel ! en ce moment, puis-je rendre ses cris,
En voyant qu'il avait immolé sa Procris !
Accablé de regret, il s'élança sur elle,
Desirant recueillir sa dernière étincelle ;
Mais il ne trouva plus qu'un corps inanimé,
Dont l'ame s'envola pour l'avoir trop aimé.
Jalouse incorrigible, à ce récit funeste,
Sachez mettre à profit la raison qui vous reste,
Pour au moins adoucir un terrible penchant,
Et que pour vous il soit un exemple touchant :
Rejettez vos soupçons, et que la confiance
Ranime votre cœur par sa douce influence,
Sans penser qu'un amant, toujours prêt à changer,
Vous outrage et vous nuit par un desir léger ;
En supposant qu'il soit d'humeur un peu volage,
Le moyen de lui faire aimer son esclavage
Est de dorer ses fers ; songez que la douceur
Est un attrait puissant pour retenir un cœur :
Augmentez en ce cas le pouvoir de vos charmes ;
Vous pouvez même aussi vous permettre les larmes ;
Mais qu'un œil adouci les laisse s'écouler,
Car autrement l'amour est prêt à s'envoler.
Surtout évitez bien l'horrible jalousie,
Laissez-la dominer dans la brûlante Asie.
L'unique sentiment qui sied à la beauté
Est une ame sensible où règne la bonté.

LA FEMME JOUEUSE.

Je pourrais invoquer, en cette circonstance,
L'adroit fils de Maïa, dont la fine science
A tant de fois conduit la complaisante main
Qui, subtile en jouant, favorise un humain.
En effet, par ton art, ingénieux Mercure,
La ruse se répand, la finesse s'épure ;
Et reconnu par-tout pour le dieu des voleurs,
Tu t'énivres aussi de l'encens des joueurs :
Ton adresse autrefois, des dieux récompensée,
Te procura l'honneur du brillant caducée ;
Et le grand Jupiter, voluptueux galant,
Dans ses amours secrets employa ton talent :
Avec lui tu parus sous l'habit de Sosie ;
Et pendant que ce dieu passait sa fantaisie,
Ta malice exerça ce valet tout troublé,
En se voyant lui-même étrangement doublé :
Une autrefois encor, à sa douleur sensible,
Tu fermas les cent yeux d'un monstre incorruptible ;
Puis dérobant Io, ton zèle industrieux
La remit dans ses bras, et le rendit heureux.
Je ne finirais pas si je voulais dépeindre
Tes succès reconnus dans le grand art de feindre ;
Mais malgré tes hauts faits, que j'admire et je sens,
Non, ce n'est pas à toi que j'offre mes accens :
Peut-être croiras-tu que, visant au sublime,
Au souverain des dieux je consacre ma rime :
Reconnais ton erreur, vois-moi dans mon niveau ;
Je ne veux pour appui qu'un valet de carreau.

O séduisant Regnard! auteur inimitable,
A ton charmant Hector, comique autant qu'aimable,
J'adresse en ce moment et mes vœux et mes vers;
Puissent-ils, comme lui, plaire à tout l'univers !
Quoi de plus amusant que son jeu, sa tournure;
N'est-on pas enchanté des portraits qu'il figure?
Et de tous ses conseils l'esprit ingénieux
N'est-il pas fait pour rompre un goût impérieux?
Soit qu'il lise un avis du traité de Sénéque
A son maître en fureur, qui gronde et se rébéque,
Soit qu'il présente encor son mémoire augmenté,
Il est unique en tout et n'est plus imité.
C'est donc, mon cher Hector, dans ton image heureuse
Que je prétends trouver les traits de la joueuse.
Ah ! si, pour m'inspirer, tu fais le moindre effort,
Pour mon frêle bateau je trouverai bon port.
Au brelan dangereux examinons Hortense;
La fureur sur son teint s'agite et se condense;
Du métal de Plutus l'ample provision
S'écoulant de ses mains monte sa passion :
C'est envain que ses cris invoquent la fortune,
Son caprice est contre elle, et sa boule importune,
En roulant les hasards, pour un autre a fixé
Un bonheur insolent, qui lui reste annexé :
Bientôt s'augmente encor sa vive inquiétude;
Au grand coup précédent en succède un plus rude.
Ah ! ç'en est fait; son or, avec pompe étalé,
Par un dernier malheur s'est enfin envolé.
Pour redoubler sa rage et son affreux supplice,
Le souvenir amer, en s'en rendant complice,
Lui rappelle un destin qui l'a fait échouer,
Et sa rigueur se comble en cessant de jouer.
Sur un rival heureux je la surprends qui lance
Un regard où se peint l'horrible violence;
Sans doute, en le jugeant comme un vil assassin,

Elle voudrait plonger un poignard en son sein.
Ne pouvant pas calmer le feu qui la dévore,
Elle fuit et s'en va loin d'un lieu qu'elle abhorre,
Et dans le désespoir, rentrant dans sa maison,
Elle y rapporte encor son trouble et son poison.
Peut-être croira-t-on qu'après pareille scène
Le malheur ralentit le penchant qui l'entraîne ;
Mais un songe a calmé son transport dans la nuit,
Et le jour favorise un goût qu'il reproduit:
Elle a de nouveaux fonds fait une ample recette,
De l'horrible usurier épuisé la cassette,
Et sa coupable ardeur, à l'instant desiré,
Lui redonne sa place au tripot adoré:
Cette fois la Fortune a mis dans sa balance,
Pour son jeu protégé, la plus heureuse chance ;
Le bonheur souriant lui redonne son or,
Et ramène auprès d'elle un immense trésor:
Sans songer au chagrin qu'il lui donna la veille,
Le jeu parait alors une douce merveille.
Ah ! n'est-il pas charmant d'amasser en un jour
Un métal qui par-tout fait naître tant d'amour !
Si tu réfléchissais un seul moment, Hortense,
Tu suivrais le conseil que dicte la prudence,
En mettant à l'abri tous ces fruits du hazard,
Que déjà je te vois pleurer beaucoup trop tard.
Frivole et vain avis, car ton ame en alerte,
Soupire après l'instant qui doit combler ta perte :
Tu fus heureuse hier, prends donc garde aujourd'hui ;
Le malheur se prépare à t'écraser sous lui.
Aveugle, il n'est plus tems: à tous tes vœux contraire,
La fortune exercant son caprice ordinaire,
Eloigne de ton jeu sa perfide faveur.
Je te laisse un moment épuiser ta fureur.
La femme qui du jeu la passion possède,
Ne peut pas espérer trouver un vrai remède

Contre un goût dangereux qui, pour mieux se couvrir,
Se montre avec de l'or qu'il fait semblant d'offrir.
Sous un pesant fardeau, constamment écrasée,
Chaque instant la retrouve encor plus abusée ;
Imprudente, elle agit et son espoir trompé
Fait entrer dans son cœur l'enfer anticipé :
Voyez-la s'égarer chaque jour davantage,
Déserter sa maison, oublier son ménage,
Pour aller du hasard affronter le danger,
En méprisant l'écueil qui doit la naufrager.
Souvent les passions s'éteignent avec l'âge ;
Le tems peut convertir un libertin en sage ;
Mais au jeu, ni les ans, ni les mois, ni les jours,
Ne peuvent accorder le plus léger secours :
Nous en pouvons juger par la folle Araminte
Qui, de ce goût fatal de plus en plus atteinte,
S'y livre avec transport le soir et le matin,
Et vieillit tous les jours, sans changer de destin.
Puisque ce fol amour rarement se corrige ;
Puisqu'il offre sans cesse un séduisant prestige,
Agissez, prudent maître, et que votre leçon
De la tendre jeunesse éloigne ce poison.
Et toi, sage maman, surveille bien ta fille,
Ne ris pas d'un penchant que tu prends pour vétille ;
Supprime ce carton dont l'effet dangereux
Peut entraîner son cœur à ce goût malheureux.
Par un droit naturel il faut que tout commence,
Un mal invétéré n'est rien à sa naissance ;
Mais il faut en ce cas qu'un bon opérateur
Extirpe son principe, et soit un bienfaiteur.
Prends modèle sur lui, tranche et agis de même,
En redressant des torts, on prouve que l'on aime :
De ta juste leçon reconnaissante un jour,
Elle en aura pour toi plus de soin, plus d'amour.
La passion du jeu réunit des figures,

Qui sous des traits nouveaux, se montrent bien moins dures;
Mais trop les adoucir, serait trop s'engager,
Car il n'en sont pas moins entourés d'un danger.
J'apperçois dans un coin la femme aventureuse,
Qui sans trop hazarder, dans son humeur joueuse,
N'en éprouve pas moins de violens desirs,
Pour se livrer au jeu, source de ses plaisirs.
Sans doute elle est bien loin de risquer sa fortune,
Et sa perte est toujours une perte commune ;
Mais que de tems perdu, que de soins oubliés,
Et combien les abus s'en sont multipliés!
Que devient un ménage, où la maîtresse absente
Abandonne au pouvoir d'une main négligente,
Un détail étonnant, où les larcins divers
Changent bien des maisons en de tristes déserts:
Si la fortune au jeu pour elle fut contraire,
N'entend-t-on pas aussi son ton atrabilaire
Gourmander ses enfans, contredire un époux,
Et sur la moindre chose exhaler son courroux:
O détestable jeu! si du mortel paisible
Tu distrais un moment l'exercice pénible,
Que de maux tu fais naître en des cœurs malheureux,
Qu'accablent si souvent tes hazards rigoureux!
D'un côté j'apperçois un père de famille
Consumer en jouant tous les biens de sa fille,
De l'autre, un étourdi caver tout son argent,
Et d'un unique coup devenir indigent:
Plus loin je vois encor ce fou, ce téméraire,
Qui, quoiqu'il soit d'un bien simple dépositaire,
Se permet d'en user dans un moment d'ardeur,
Sans penser qu'il offense et les loix et l'honneur:
Oublierais-je l'escroc dont le fin stratagême,
Se couvrant du manteau de la probité même,
Attire un imprudent dans l'abîme profond,
Où trahi, victimé, tout son argent se fond.

O femmes ! repoussez cet ennemi perfide ,
Songez que l'amour seul doit vous servir de guide ,
Et qu'en trouvant en lui d'autres jeux bien plus doux ,
Vous goûterez des biens qu'il a formés pour vous.
Laissez-là ces valets, ces rois imaginaires ,
Ces dames et ces as, dont les coups téméraires,
En déchirant vos seins , défigurent vos traits ,
Et traînent après eux la peine et les regrets.

LA FEMME VRAIMENT SAGE.

RAVISSANTES vertus, déïtés tutélaires,
Entendez les accens de mes justes prières :
Et daignez, en ce jour, protéger des travaux
Où je vais célébrer tous vos bienfaits nouveaux.
Plus hardi, j'eus osé solliciter la grâce
D'occuper près de vous un moment une place ;
Mais en réfléchissant, mon cœur, de bonne foi,
Me dit qu'un si haut rang n'est pas formé pour moi.
Ne pouvant aborder votre palais céleste,
Ah ! ne me privez pas de l'espoir qui me reste,
Et permettez au moins que mon esprit heureux,
Goûte quelques instans un bien si précieux.
Puisque vous l'accordez, vas donc, ô ma pensée !
Vas, vole dans des seins, où sans art caressée,
Tu jouiras d'attraits dont ton récit fidel,
Fera naître en mon cœur un bonheur éternel.
Prompte comme l'éclair, et sans doute aussi vive,
Tu t'échappes, tu pars ; et, messagère active,
J'éprouve à ton retour les ravissans bienfaits
Que donnent des vertus les admirables traits :
Déjà tu me dépeins la sévère sagesse
Écrasant sous ses pieds le vice et son ivresse ;
Son arme est un égide où sont marqués les coups,
Que le monstre abattu porta dans son courroux.
Son regard sérieux, de même que la rose,
Offre une épine au cœur par la loi qu'il impose ;
Mais l'obstacle est léger quand on pense aux doux biens
Que recueille un mortel en ses heureux liens ;

Tu me dépeins encor la soigneuse prudence
Que bannit la jeunesse en son effervescence.
Cette divinité, redoutant les hazards,
Demande avant d'agir au moins quelques retards:
Elle nous dit aussi de craindre l'imposture,
De peu croire aux sermens qu'un faux ami nous jure;
Et dans son beau précepte utile à retenir,
Commande de penser avant de rien finir.
Sans cesse auprès de moi, messagère fidelle,
Tu me fais distinguer, dans une autre immortelle,
Un regard assuré, parure du bonheur,
C'est à n'en pas douter l'admirable douceur.
D'un habit tout divin elle couvre ses charmes,
Son visage serein repousse les alarmes,
Et toujours évitant le tumulte et le bruit,
Elle fait adorer le calme qui la suit.
Tu me montres encor la divine espérance
Dont la tendre caresse allège la souffrance:
Pour peindre ses bienfaits, et faire aimer ses loix,
Tu me nommes les maux adoucis à sa voix.
Qu'elle autre, me dis-tu, dans son œil adorable,
Réunit la décence à la candeur aimable!
O vérité! c'est toi qui, détestant le mal,
Adopte constamment un maintien virginal.
Ton œil franc, du menteur abaisse l'arrogance,
Il ne peut soutenir ton regard d'innocence;
Désespéré, confus, il te craint, il te fuit,
Et va porter plus loin les erreurs qu'il produit.
Tu me fais voir encor la sage économie,
Près de la propreté sa sœur et son amie:
A leurs côtés paraît le sévère devoir,
Qui malgré son air dur est admirable à voir.
Par ces rians tableaux, mon ame caressée,
Témoigna son plaisir à ma chère pensée;
Je le devais ainsi, car le plus doux bonheur

Avait à son récit fait trésaillir mon cœur.
Je pouvais cependant épargner ce voyage,
Et ne pas recourir à ce divin message,
Puisqu'une ame unissant ces dons délicieux,
Devait me dispenser d'envoyer dans les cieux.
C'est dans toi, rare objet, femme céleste et sage,
De la divinité resplendissante image,
Que trop heureux mortel, j'entrevis ces trésors,
Dont la douce richesse anime mes efforts :
Parais donc au tableau, charmante Éléonore,
Doux temple des vertus que ta belle ame honore,
Arrive il en est tems, viens faire aimer ta loi,
Pour la suivre il suffit qu'elle émane de toi ;
Dans les points réunis que ta sagesse enfante,
Tu te montres toujours sublime et triomphante,
Et sous tes pas le vice à jamais écrasé,
S'enfonce dans la fange où ton pied l'a brisé.
Aussi ton vif éclat, qui sans cesse l'accable,
Fais rentrer le méchant dans son cœur détestable,
Et force l'envieux au cœur faux et pervers,
A cesser un moment de haïr l'univers.
Que devient près de toi ce jeune ridicule,
Dont le jargon mêlé de chanson, de formule,
Met sa gloire à paraître un vainqueur ravissant,
Dont tout cœur reconnaît l'empire séduisant :
Très étonné de voir repousser sa prière,
Il regarde en tremblant s'envoler sa chimère,
Et rempli d'un respect qu'il ne peut concevoir,
Ta vertu sur lui-même exerce son pouvoir.
Heureux, cent fois heureux, l'époux d'Éléonore !
Chaque jour entouré d'un nouveau lustre encore,
Son bonheur se repait de mets délicieux,
Que la paix lui fournit de son sein précieux ;
Au milieu des plaisirs le calme de son ame
Augmente la douceur d'une innocente flamme ;

Satisfait de jouir d'un trésor mérité,
Nul remord ne s'oppose à sa félicité :
J'amais il n'y goûta la perfide caresse,
Que livre sans amour la folle enchanteresse,
Et dans les doux transports, enfans nés du bonheur,
Il est sûr de trouver le partage d'un cœur.
Oh amour ! tu parais, dans ces instans de charmes,
Oublier tes forfaits et ton goût pour les larmes,
Car sans cesse accroché dans un coin du rideau,
Tu souris à l'aspect de cet heureux tableau :
Si de ce tendre accord cédant à l'influence,
Tu pouvais renoncer à cette violence,
Qui fait de toi toujours un perfide, un méchant,
Alors il serait doux de suivre ton penchant?
Vain espoir trop flatteur, au sein d'Éléonore,
Tu n'oses signaler l'ardeur qui te dévore,
Et tu t'en vas plus loin, le cœur plein de courroux
De n'avoir pu troubler un instant aussi doux.
Pars donc, vil imposteur, puisque dans cette image,
Tu n'as pas recueilli de quoi te rendre sage.
Va-t-en souffler ailleurs ton poison et tes feux,
Et laisse le vrai sage un moment être heureux.
Ne m'abandonnez pas, mortel vraiment sensible,
Venez goûter le bien d'un ménage paisible,
En estimer le prix, en juger la douceur,
Et même partager un si rare bonheur.
Auprès de ses enfans, voyez l'aimable sage,
Leur donner les leçons qu'exige le jeune âge.
Déjà ces tendres plants, fruits d'un heureux lien,
Tendent leurs petits bras pour s'élancer au bien,
Sans brouiller leurs cerveaux, sa voix leur fait connaître
Que l'on doit adorer le Dieu qui fit tout naître,
Et surtout lui vouer un cœur reconnaissant,
Pour le remercier de son secours puissant.
Jamais pour les punir la terrible colère,

Ne changea la bonté de son doux caractère :
Des propos sans aigreur suffisent pour changer
L'enfant qu'un ton trop dur n'aurait pu corriger,
En ne cessant jamais d'être une bonne mère,
Sa main pour les soigner est toujours la première,
Puisant dans la nature un bien noble desir,
Elle en fait son devoir, elle en fait son plaisir :
Dans sa chambre paraît ce tableau respectable
Qui d'amour filial peint un trait délectable.
Les chers enfans instruits d'un dévouement si beau,
Prennent pour leurs parens un intérêt nouveau,
Admirant hautement ce trait qui les entraîne,
Ils jurent d'imiter la charité romaine,
Et s'unissant de cœur, ils viennent tour à tour,
Promettre même ardeur, promettre même amour.
Sermens délicieux que mon Éléonore,
Par un zèle touchant fait répéter encore.
O douceur ! ô transport ! bien faits pour réjouir,
Que ne puis—je de vous paisiblement jouir !
Hélas ! il est écrit que même le plus sage,
Ne goûtera jamais un bonheur sans nuage.
Pour tout être existant le chagrin a ses coups,
Sur tout ce monstre affreux exerce son courroux ;
A l'affreuse douleur, la sage abandonnée,
Tremble pour son époux et plaint sa destinée ;
Un mal aigu, cruel, séjournant dans son sein,
Lui fait craindre un malheur, hélas ! presque certain.
Admirez avec moi sa ferme patience,
Sa bonté, sa douceur et sa persévérance :
Ses soupirs sont portés dans le sein de son Dieu,
Pour lui redemander l'objet de tout son vœu,
Mais l'instant qui paraît encor plus remarquable,
Est celui qui soutient son ame infatigable :
Sommeil, besoin, repos, sont sans cesse immolés,
Et son cœur régle seul les soins les plus zélés :

O vertu !

O vertu ! c'est alors que ta beauté divine
Développe ses traits et que ta grâce opine :
Émanant un éclat dont on est ébloui,
Fait regretter l'instant où le cœur a joui.
Des soins si soutenus méritaient récompense,
Et le secours divin, qui le vrai vœu compense,
A déjà signalé son céleste pouvoir :
Un mieux être a paru, tout annonce l'espoir ;
Félicité, transport, ô douceur sans égale !
Ressortis du beau nœud de la foi conjugale,
Paraissez : ç'en est fait, le mal est abattu,
Le ciel sauve un époux qu'il rend à la vertu.
Si des chagrins secrets font naître ses alarmes,
On la voit les calmer avec les mêmes armes,
Son ame en adoptant la résignation,
Se jette dans le sein de la religion :
Qu'elle est touchante encor quand sa main généreuse
Soutient de ses secours la classe malheureuse !
Non contente d'agir, la plus tendre bonté
Accompagne le don que fait sa charité :
Parlant aux indigens, elle les interroge,
Des souffrances de Dieu leur fait un juste éloge,
Et sensible à leurs maux, ne les quitte jamais
Sans leur donner l'espoir de mille autres bienfaits ;
Mais de ses actions toujours l'effet s'ignore,
Et c'est bien leur donner un nouveau lustre encore ;
Car la plus belle aumône, osant se divulguer,
N'est plus qu'un vil encens qu'on veut se prodiguer.
Trop heureux de parler de mon aimable sage,
De ses autres vertus je veux offrir l'image :
O mortels ! souriez à ces divins tableaux,
Venez jouir encor de leurs attraits noùveaux.
Riche de tous les dons de la belle nature,
La grâce et la fraîcheur animent sa figure ;
Mais sans trop estimer ces présens du hazard,

Elle a pour d'autres biens un plus constant égard:
Par principe adoptant la noble modestie,
Elle a soin de tenir sa belle ame avertie
D'être seule l'objet de l'admiration,
Sans jamais exciter la vaine illusion;
Aussi l'on ne voit pas, dans sa mise décente,
Ces nombreux attirails que chaque mode invente:
Rejettant leurs emprunts, elle a, pour s'embellir,
Les trésors d'une mère et leurs fruits à cueillir.
C'est ainsi qu'autrefois la sage Cornélie,
Sous un simple manteau repoussa la folie,
Lui dit avec orgueil, en montrant ses enfans:
Je me pare en eux seuls, ils sont mes diamans!
Dans sa sage maison, de même que l'abeille,
Elle admet le bon ordre et constamment surveille:
Et toujours la dépense, en moins du revenu.
Offre un trésor secret pour le bien retenu,
Il faut la voir aux champs ajouter à son être
Un attrait séduisant qui ravit et pénétre:
Dans ces paisibles lieux déployant tout son cœur,
De la belle nature elle prend la splendeur.
Heureux cent fois celui qui partage avec elle,
Dans ce nouveau séjour, sa sagesse nouvelle:
De ces nombreux bienfaits de plus en plus touché,
Par un charme secret il se sent attaché.
C'est en vain qu'un auteur, nous montrant sa Julie,
Prétendit nous offrir la sagesse accomplie,
Avant le tems serein l'orage avait grondé,
Et le rigide honneur avait été frondé.
Envain d'un tour brillant, sa plume enchanteresse,
Accorde à son portrait caresse sur caresse,
Il existe un moment dont la perfide ardeur
Arrache à la vertu sa plus belle splendeur;
Très-souvent un péché s'excuse et se pardonne;
Mais si la beauté perd les fleurs de sa couronne,

Qui pourra les lui rendre avec autant d'éclat?
Une rose froissée est-elle un apparat?
Pourquoi faut-il hélas! que sa belle enhardie,
Dans les bras de Saint-Preux ne soit qu'une étourdie!
Tandis qu'on l'apperçoit comme un être divin,
Au moment où tomba son petit Marcellin:
Les aveux de sa mort ne font-ils pas connaître
Que l'amour en son sein régna toujours en maître.
Et qui connaît les coups que lui gardait le sort,
Si Rousseau sagement n'eut amené sa mort?
Oh non! ce n'est pas là, ma sage Éléonore,
Nul trait ne la flétrit, ni ne la décolore,
Ferme dans sa vertu, l'amour et son pouvoir,
N'ont jamais un moment balancé son devoir:
Heureux, je la rejoins en sa maison champêtre,
J'y veux encor jouir du bien qu'elle y fait naître;
Admirer son bon cœur, qui partout estimé,
Se nourrit du plaisir d'aimer et d'être aimé:
Que dit son air joyeux, annonçant la conquête?
Dans ce charmant transport j'entrevois une fête;
Ah! s'il en est ainsi, l'on verra des heureux,
Car c'est à ce point là que tendent tous ses vœux;
Je ne me trompe pas, déjà sa main prospère
S'apprête à couronner une sage rosière,
Et son cœur en donnant ce présent attendu,
Parait même oublier qu'à lui seul il est dû:
Au sein de ce bienfait je laisse cette sage,
Me réservant le droit de garder son image,
Pour m'en flatter sans cesse et m'en faire un soutien
Dans l'amour des vertus, des devoirs et du bien.